MEURTRE AU MANOIR DES FURETS

MEURTRE AU MANOIR DES FURETS

Madeline DESMURS

© Éditions Hélène Jacob, 2015.
Collection *Mystère/Enquête*. Tous droits réservés.
ISBN : 978-2-37011-274-3
Éditions Hélène Jacob – 13 Impasse Victor Gesta – 31200 Toulouse
Imprimé par Create Space – États-Unis
11,90 €
Dépôt Légal Février 2015

Design couverture : Jérémy Calli
Photographie : Sarah Photography

À ma grand-mère et ses copines.

Chapitre 1

Elle protégea son regard de ses mains menottées. Ces jours entiers dans les caves du manoir avaient affaibli ce regard chlorophylle qui lui avait valu tant de compliments. Elle répondait parfois d'un petit sourire discret, elle rougissait souvent. Elle venait d'un milieu modeste, mais elle était allée à l'école et avait décroché son certificat d'études. Elle voulait être actrice. Un beau matin, sur un coup de tête, elle était partie direction Paris, sa tour Eiffel et ses nuits magiques. Elle avait travaillé en tant que femme de chambre quelque temps dans une maison bourgeoise. La patronne était stricte mais juste. Le premier jour, elle lui avait montré les tâches à effectuer, donné toutes ses recommandations et fait visiter la maison.

— Vous m'appellerez Madame, avait-elle déclaré de sa voix sans fausse note. Et mon mari, Monsieur. Vous n'êtes pas autorisée à pénétrer dans ma chambre. Avez-vous bien compris tout ce que l'on vient de voir ?

— Oui, Madame, avait-elle répondu poliment.

Mais quand elle s'était retrouvée seule, elle avait senti la panique l'envahir. Elle avait ouvert plusieurs placards frénétiquement, cherchant où ranger le linge qu'elle venait de repasser. Elle avait jeté des regards furtifs aux aiguilles de l'horloge qui ne cessaient d'avancer vers l'heure fatidique où Madame rentrerait. Elle avait aussi cherché les assiettes pour le couvert du soir et n'avait réussi à allumer la cuisinière qu'après de nombreux essais infructueux qui lui avaient fait monter les larmes aux yeux. Après plusieurs semaines, elle était enfin dans son élément. Madame lui avait confié qu'elle était très contente d'elle et ça lui avait fait plaisir. Alors, elle avait pris son courage à deux mains et avait osé lui demander si elle pouvait s'absenter quelques heures par semaine pour suivre des cours de théâtre. Madame avait accepté à la condition que cela n'empiète pas sur sa besogne. Elle avait été si heureuse, ce jour-là.

Souvent, elle enviait les toilettes élégantes et les parures de bijoux de sa patronne. Un après-midi, elle s'était faufilée jusqu'à sa chambre. C'était absolument interdit, mais la curiosité avait été trop forte. Elle avait poussé légèrement la porte. Madame était rentrée en hâte pour se changer avant de ressortir. Elle avait jeté sa robe négligemment sur son lit défait et ses bas se lovaient sur le sol. Elle avait poussé légèrement la porte juste pour voir un peu mieux. Sur le fauteuil dormait un manteau de fourrure.

— Du vison, avait-elle dit en retirant ses chaussures.

Ses orteils s'étaient enfoncés dans la douceur de l'épaisse moquette. Elle avait fait quelques pas, juste pour caresser le manteau. Elle avait laissé ses doigts se perdre dans le brillant pelage qui changeait de ton avec la lumière. Elle avait attrapé la fourrure juste pour sentir la douce toison sur sa joue. Elle était revenue à la porte pour jeter un coup d'œil dans le couloir, au cas où. Mais elle savait qu'elle serait seule encore quelques heures. Elle avait alors enfilé le manteau, remontant le col autour de son cou, et tendu sa main comme Madame le faisait aux messieurs pour le baisemain. Elle avait tournoyé sur elle-même, les bras ouverts, jusqu'à ce que sa tête s'enivre. Elle s'était laissée choir sur le fauteuil. Elle avait les joues rougies et des mèches de cheveux avaient quitté son chignon strict. En voyant son reflet dans la psyché, elle avait ressenti l'envie de croquer la vie à pleines dents.

Elle voulait devenir une grande dame, une fabuleuse actrice. Le dimanche, c'était son jour de repos et Roger venait la chercher. Ils partaient dans son automobile flâner sur les routes. Ils s'arrêtaient en chemin pour grignoter le pique-nique qu'elle avait mis tant de cœur à préparer. Elle se laissait embrasser sur la bouche et se blottissait dans ses grands bras. À l'abri, recroquevillée contre son torse, elle respirait son odeur et fermait les yeux en espérant que ce moment dure toujours. Un beau matin, elle avait accompagné Roger sur le quai de la gare. Elle n'avait rien dit, elle n'avait pas pleuré. Elle s'était blottie un instant au creux de ses bras, puis il était parti. Elle avait regardé disparaître le train qui emmenait les soldats vers le front. Quand il était revenu en permission, il n'était plus le même. Son regard était plus sombre, ses nuits plus agitées et son rire plus éteint. Il lui avait demandé de l'épouser maintenant sans attendre. Elle aurait voulu y réfléchir encore un peu, mais elle avait accepté. Ils s'étaient mariés rapidement, une cérémonie toute simple sans chichis et sans repas. Il lui avait promis une belle lune de miel quand la guerre serait terminée. Elle avait demandé « quand ? », il avait répondu « bientôt ».

Un soir, Madame l'avait congédiée en hâte. Pour toute explication, elle lui avait dit qu'elle et son mari devaient fuir vers un pays plus accueillant. Ils étaient juifs. Elle avait arrêté les cours de théâtre. Elle travaillait dans la chaleur suffocante d'une blanchisserie. Un jour, elle avait reçu un courrier officiel lui annonçant qu'elle était veuve. Elle n'avait pas laissé le chagrin s'installer. Elle avait plié et rangé ses affaires dans sa valise et elle était rentrée dans son village natal. Elle venait d'avoir 20 ans et la guerre avait grisé son regard. À la poubelle, ses rêves de starlette ! Elle avait trouvé une place de serveuse au restaurant du coin. On continuait de la complimenter sur le vert sauvage de ses yeux. Elle n'y prêtait plus attention. Elle écoutait la radio en attendant un miracle, mais les mauvaises nouvelles s'accumulaient. L'armée allemande était aux portes de Paris. La France était vaincue.

Une nuit, elle s'était réveillée en sursaut. Elle avait attrapé ses affaires et rejoint le maquis. Elle avait rallié la résistance pour lui, pour elle, pour la France. Le goût de l'aventure, le frisson du danger, elle les avait ressentis intensément. Elle avait vibré en retenant son souffle tandis qu'elle se cachait des soldats. Elle avait savouré avec délice l'excitation que lui avait procurée l'explosion du pont. Elle avait encaissé la trahison sans trop comprendre et vécu la descente des Allemands dans leur planque comme un cauchemar éveillé. Dos contre le mur, elle avait jeté un coup d'œil à ses compagnons d'armes. Leur visage était envahi par une barbe qui avait poussé, alors qu'elle égrenait les jours passés dans le noir et l'humidité. Treize jours à attendre, à se demander ce qui allait lui arriver, à prier et à se préparer à mourir. Elle n'était pas croyante, mais elle avait demandé à Dieu s'il voulait bien accepter son âme à ses côtés. Elle lui avait expliqué que l'enfer, elle connaissait déjà, assise dans cette cave boueuse où ses jours étaient ponctués par les maigres repas. Elle avait prié pour sa mère et ses deux jeunes frères, pour la réussite de leur fuite après son arrestation. Elle avait prié pour ses compagnons dont elle entendait parfois les voix, souvent les cris. Elle avait prié pour que cela cesse, pour que la mort vienne. Les yeux des hommes étaient cernés, tout comme les siens et leurs vêtements étaient crasseux. Elle avait épousseté le jupon de sa robe et réajusté le col déchiré, caressé la marque laissée par son alliance sur son doigt. Le militaire à sa droite avait hurlé des ordres. Plusieurs hommes qui ne devaient pas être beaucoup plus âgés qu'elle s'étaient postés devant eux. Elle avait entendu des sanglots étouffés. Elle avait ajusté de nouveau son jupon et levé son doux visage vers le rayon de soleil qui éclairait la cour. Elle avait fermé les yeux et s'était laissé envahir par la chaleur printanière. On avait entendu les détonations loin dans la campagne. Les bavardages avaient cessé dans le village. Les hommes avaient posé leur couvre-chef et les femmes, prié en silence. Le sang des fusillés avait taché les pierres, s'était insinué entre les pavés et avait abreuvé la terre de la vieille bâtisse. Le manoir des Furets était repu pour un temps.

Chapitre 2

Saint-Foins-les-Moussons, de nos jours.

Muguette Lagrange se rendait comme tous les jeudis chez Ernestine Lafosse. Elle parcourait les ruelles étroites et pavées à petits pas rapides. Elle s'était emmitouflée dans sa grosse écharpe de laine et son chapeau fourré. Il faisait un froid sec à vous amputer les doigts de pied si vous n'y faisiez pas attention. Mais Muguette avait des principes, elle se déplaçait exclusivement à pied même par mauvais temps. Il suffisait d'être habillé en conséquence.

— Les jeunes gens d'aujourd'hui ont la moitié des fesses à l'air. Comment veulent-ils ne pas prendre la mort ? N'ai-je pas raison, Pénélope ?

Pénélope acquiesça d'un signe de tête. Elle n'était pas très bavarde, ce qui était une qualité précieuse pour une bonne, en tout cas pour Muguette. Elle arriva devant le pavillon. Elle appuya sur la sonnette qui émit une petite mélodie à trois notes. Elle attendit quelques instants en tapotant du pied le paillasson calligraphié d'un « Bienvenue ». Elle n'était pas patiente et, depuis quelque temps, elle s'ennuyait. Son médecin, à cause d'une légère tachycardie, lui avait déconseillé pour quelques mois les voyages et les activités stressantes.

— Madame Lagrange, lui avait-il dit, vous devriez prendre un peu de repos. Évitez l'agitation et les émotions trop fortes.

— J'aurai bien assez de temps pour me reposer dans mon cercueil.

— Maman, ne dites pas cela, s'était offusquée Murielle, la femme de son fils. Vous devriez aller vous reposer à la campagne.

À la campagne ! Sa bru avait eu vite fait de convaincre son crétin de mari. Elle reluquait son appartement sur les quais de Saône depuis qu'elle avait passé le pas de la porte, il y avait bientôt vingt ans. Elle n'avait de cesse de trouver tous les moyens pour l'en déloger et s'y nicher. Saleté de coucou ! Voilà comment elle s'était retrouvée dans la maison de campagne de Saint-Foins-les-Moussons. Son fils l'avait déposée voilà un mois. Il avait ouvert les fenêtres pour évacuer l'odeur de renfermé, avait enlevé les draps des meubles et remit en route le chauffage qui, après deux échecs, avait enfin démarré dans un tintamarre de ronflements et de claquements digne d'un quatuor de chats en chaleur. Il l'avait ensuite embrassée, collant ses grosses lèvres sur sa joue, et lui avait assuré qu'il viendrait la voir tous les week-ends. Ce qu'il n'avait bien sûr pas fait, pour le bonheur de Muguette qui considérait les visites de son fils et de sa belle-fille comme un fardeau dont elle pouvait facilement se passer. Heureusement pour elle, son petit-fils Cédric âgé de 17 ans n'avait pas hérité de la torpeur intellectuelle de ses parents. C'était un adolescent charmant, vif et qui ne la considérait pas comme un héritage en viager.

— À croire que ça saute des générations, marmonna la septuagénaire tandis que la porte s'ouvrait sur Ernestine.

— Bonjour, vous êtes en avance, chantonna la petite dame ronde.

— Être à l'heure, c'est déjà être en retard.

Elle tendit ses effets à Ernestine qui les suspendit au portemanteau. Elle retira ensuite ses bottines et chaussa des pantoufles turquoise que son hôtesse avait achetées pour chacune de ses convives. Les suivantes ne se firent pas attendre. À peine Muguette fut assise que les trois petites notes se firent entendre à nouveau. Ernestine déploya un bonjour joyeux et ce fut bientôt un brouhaha de voix féminines. Ginette Dupré et Rosa Fusulini arrivèrent dans la salle à manger, suivies d'Ernestine chargée d'une boîte rose.

— V'là les meilleurs gâteaux du coin. J'les ai achetés c'matin. Chez nous, on appelle ça des pets de cochons. T'en veux, la Muguette ? C'est des amandes sur l'dessus, dit Ginette en tendant l'assiette qu'Ernestine s'était empressée de dresser.

— Sans façon.

— Ben soit, ça en fera plus pour moi, dit-elle en s'en enfournant un deuxième dans la bouche.

— Vous avez su pour la majorette ? Pauvrette ! déclama Rosa de sa voix teintée par le soleil du Midi.

— Non, répondit Ernestine dont les yeux se mirent à briller.

Ginette fit un oui de la tête et un moulinet avec son bras signifiant certainement qu'elle ne pouvait répondre. Elle avait la bouche occupée par deux ou trois pets de cochons qu'elle tentait de mâcher plus vite au risque de s'étouffer.

— Elle a été retrouvée morte. C'est la petite Dusillon.

— La fille du menuisier ! Je connais bien ses pauvres parents. Ils doivent être dévastés.

— Ils l'ont sortie du manoir des Furets, une hache plantée dans l'dos. Pauv'gamine, y en sort rien de bon de c'te foutue baraque. Faudrait bien qu'un jour on la brûle. (Ginette se racla la gorge et toussa bruyamment. Son visage rougeaud tourna au cramoisi) Ah v'là je me coince le gosier. De l'eau !

Muguette lui tendit une tasse de tisane fumante.

— C'est chaud, cracha la grosse dame.

— Certes, j'ai paré au plus pressé. Je ne suis pas du tout au courant de cette affaire, les journaux n'en ont pas parlé.

Ginette ouvrit grand la bouche, mais le regard réprobateur de Muguette la stoppa net. Un meurtre à Saint-Foins-les-Moussons, voilà qui avait de quoi attiser sa curiosité.

Chroniqueuse judiciaire pour un grand quotidien pendant des années, elle n'avait jamais vraiment pris sa retraite. Elle continuait d'arpenter les salles des palais de justice et de parcourir le monde pour se rendre sur les lieux des plus grands crimes de l'Histoire. De Jack l'éventreur au vampire de Düsseldorf, elle se passionnait pour ces affaires et n'avait de cesse de dénicher la vérité. Au grand désespoir de son fils et de sa bru qui auraient préféré la voir en maison de retraite à tricoter ou à jouer au bingo, au lieu de dilapider leur héritage en activités absurdes.

— C'était très tôt ce matin. Célestina, ma petite-fille, et

Béatrice l'ont trouvée. Elles sont rentrées en courant avertir le garde champêtre qui a prévenu la police. Ma fille était complètement affolée quand elle m'a appelée, expliqua Rosa dont la voix aux doux accents de cigale rendait la situation presque joyeuse.

— Peut-être qu'ils en parleront aux informations régionales ce soir, la coupa Ernestine.

— P't'être bien qu'même au journal du 20 heures, dit Ginette, une pointe de fierté dans la voix.

— Votre petite-fille était sur les lieux ?

— Cent fois j'ai répété que cet endroit est dangereux, mais ces adolescents, ils n'écoutent jamais rien. Elles ont été traumatisées. Elles ont fait une déposition au commissariat avant de pouvoir rentrer, comme si ça ne pouvait pas attendre. J'entendais Célestina pleurer pendant que sa mère me racontait. C'était à vous fendre le cœur.

— Pauvres enfants, c'est horrible. Qui a bien pu faire ça ? se lamenta Ernestine. C'était une jeune fille sans histoires. Sa mère n'avait pas travaillé au manoir quelque temps ?

— Si, l'année où le duc et la duchesse ont décampé un beau matin. En v'là encore une histoire. Vous vous rappelez ? On avait ben dit des choses à propos de leur départ précipité. Le duc, il aurait mis en cloque une gamine du village.

— Oui, je me rappelle de ça. Ces pauvrettes attirées par tout ce qui brille. Elles finissent par se brûler les ailes. Heureusement les jeunes filles d'aujourd'hui, elles ont les pieds sur terre. Ce n'est pas à ma Célestina que ça arriverait.

— Oui, ça c'est sûr, pouffa Ernestine.

— Pourquoi riez-vous ?

— Excusez-moi, chère amie, le choc de la nouvelle sans doute. Je ne contrôle plus mes émotions.

— En tout cas, la Élise, elle n'était quand même pas toute blanche. D'après les dires, elle était pas ben revêche. Paraît qu'elle s'était amourachée d'un bonhomme plus vieux. Faut l'voir pour le croire. De mon temps, on avait si tôt fait de vous marier. Les aguicheuses comme celle-là, c'est pas du boulot.

— Ginette, on ne calomnie pas ainsi les morts.

— Ernestine, faites-nous grâce de votre morale étriquée. Qu'est-ce que vous voulez que ça lui fasse maintenant, là où elle est ? Ce n'est pas la piètre opinion de Ginette qui va changer quoi que ce soit à sa situation, s'impatienta Muguette.

Ernestine, visiblement vexée, ravala un hoquet avant d'enfouir son museau dans un mouchoir blanc.

— Elle devait avoir un nombre certain d'ennemis. Amoureux évincé, petite amie trompée, amant jaloux, reprit Muguette, pensant tout haut.

— Et pis on disait que sa place de majorette, elle l'avait pas eue que pour ses compétences artistiques, si vous voyez ce que je veux dire, confia Ginette en prenant un air entendu.

— Certes, murmura-t-elle entre ses lèvres pincées. Mais avez-vous vu l'heure ? Il est grand temps pour moi de prendre congé. J'ai un rendez-vous important chez le… dentiste. Un rendez-vous qui m'était complètement sorti de la tête. Mesdames, au plaisir de vous retrouver jeudi.

— Qu'est-ce qui lui prend tout à coup ? s'inquiéta Ernestine alors que Muguette claquait la porte d'entrée.

— Oh ! Laissez, elle est un peu fada. La dernière fois que je l'ai vue, elle causait toute seule, et puis elle n'est pas très aimable. Je ne comprends pas pourquoi vous continuez à l'inviter.

— Sa famille ne vient jamais la voir. Il faut savoir se montrer charitable avec son prochain. Encore un gâteau, Ginette ?

Chapitre 3

Muguette prit la direction de l'église. Elle dépassa l'édifice sans y prêter la moindre attention. Pourtant les Foins-Moussonnois étaient très fiers de leur petite chapelle dont la cloche était toujours celle d'origine. Actionnée par le curé Farfeduc pendant des années, elle avait été automatisée après son décès. Aucun remplaçant ne s'était présenté. Les paroissiens devaient à présent se déplacer jusqu'à Bargoissin-le-Haut pour la messe du dimanche matin. L'église, entretenue par les gens du village attachés à leur tradition, ouvrait ses portes pour les quelques mariages ou les baptêmes, ainsi que pour les festivités du printemps durant lesquelles la messe du dimanche était exceptionnellement célébrée.

La vieille dame avançait de son petit pas rapide, faisant ricocher le claquement de ses bottines sur les pavés. Elle s'arrêta devant la boulangerie. La porte fit tintinnabuler les trois petites cloches suspendues à un joli ruban rouge. La chaleur à l'intérieur agressa son visage rougi par le froid. Elle dénoua son écharpe et retira son chapeau. Une jeune femme passa la porte de l'arrière-boutique. Une petite fille agrippée à son tablier mangeait une sucette. La salive collante qui faisait briller le contour de sa bouche s'écoulait de la boule framboise entre ses doigts pour finir sa course quelque part dans sa manche. Elle posa son regard noir sur la cliente et sourit.

— Qu'est-ce qu'elle prendra, madame Muguette, aujourd'hui ?

Muguette s'extirpa du regard de la fillette en se disant qu'un bon coup de gant ne serait pas superflu. Elle examina la banque froide où paradaient une tripotée de gâteaux aux noms évocateurs – langue de vipère, cervelle de moineau, crotte de bique et autres – qui avaient fait la réputation de la petite boulangerie familiale.

— Je vais prendre deux pattes d'oie et deux peaux de vache, dit-elle en désignant les parts les plus grosses.

Elle repassa la porte qui fit de nouveau tinter gaiement les clochettes, ses gâteaux bien empaquetés dans un papier rose. Muguette avait rencontré à plusieurs reprises Célestina et Béatrice. Ces deux feignantes ne pensaient qu'à se goinfrer de gâteaux et d'émissions de téléréalité désastreuses sur un cerveau en pleine croissance. Heureusement pour ces deux gamines, leur manque de jugeote laissait présager peu de dégâts. Elle regarda sa montre, 17 heures. Arrivée devant le domicile de Célestina, elle entendit le tapage que produisait la télévision. En regardant furtivement par la porte-fenêtre, elle aperçut les deux adolescentes avachies dans le sofa. Un pot de pâte à tartiner entamé et deux canettes de soda patientaient sur la table basse envahie par les miettes. Pas de voiture dans l'allée, la mère devait être encore au travail. Quant au père, il avait déserté le domicile familial depuis longtemps. Elle frappa trois petits coups secs contre la porte d'entrée. Célestina désincarcéra son corps du canapé sans oublier d'essuyer ses mains sales entre les coussins.

— Qui c'est ? demanda la jeune fille à travers la porte.

— Bonjour, répondit la vieille dame sur un ton des plus aimables. Je suis une amie de votre grand-mère. J'apporte des friandises.

Elle entendit le verrou. La porte s'ouvrit. Célestina, dans son survêtement floqué du nom de sa série marseillaise préférée, la toisa d'un air méfiant.

— C'est de la boulangerie ?

— Je me suis dit qu'après vos déboires, vous auriez peut-être envie d'un peu de réconfort, dit-elle en se glissant par la porte ouverte.

Dans le salon, Béatrice la dévisagea d'un air hautain avant de plonger sa cuillère dans le pot de chocolat. Muguette posa son manteau sur le dos d'une chaise. Les deux adolescentes s'assirent en face d'elle. Béatrice tira le carton et dénoua la ficelle.

— Quelle histoire ! Vous avez dû être terrorisées. Voir un cadavre, ça fait froid dans le dos.

— Ouais, c'était gore, articula Béatrice, la bouche pleine de gâteaux.

— Vous êtes vraiment courageuses. On m'a dit qu'elle avait été tuée avec une hache.

— Ouais, plantée dans le dos. Paf ! dit Célestina, entre deux bouchées, visiblement fière qu'une dame de la ville vienne la questionner.

— Elle l'a bien cherché quand même. Elle agaçait plein de monde, continua Muguette en baissant la voix.

— Ouais, fallait toujours qu'elle fasse son intéressante avec sa petite tenue de majorette.

— Et vous pensez à quelqu'un de particulier ? Quelqu'un qui lui en aurait voulu plus que les autres.

— Vous voulez mon avis ?

— Avec plaisir.

— Téo, son petit ami officiel, désigna Béatrice en mimant des guillemets sur le mot « officiel ».

— Ben lui, il se traîne des cornes grosses comme celles d'un taureau, se moqua Célestina.

Elle humecta son doigt pour récupérer les miettes de gâteau sur la table.

— Et à quel endroit puis-je trouver ce jeune homme ?

— À la fête du printemps. Dimanche, il participera au concours comme chaque année. Vous allez le manger ?

— Et ça consiste en quoi, ce concours ? demanda Muguette en poussant le gâteau orné d'une cerise vers les goulues.

— Faut lancer une hache dans une cible.

— Intéressant, conclut-elle avant de prendre congé.

Chapitre 4

Le vendredi jour du marché, il y eut une grande polémique sur le maintien des festivités. Les « pour » arguaient que la vie devait continuer et qu'on rendrait hommage à l'enfant du pays à l'église, le dimanche de la fête du printemps. Les « contre » affirmaient que l'on devait respecter le deuil de la famille et que les réjouissances devaient être annulées. Une cérémonie sobre pouvait être envisagée. Ce fut le maire qui trancha. La fête du printemps était une aubaine économique pour le petit village. Les préparatifs étant engagés et les frais, déjà avancés : les festivités auraient bien lieu. La messe dominicale serait dédiée à la majorette et une minute de silence serait respectée avant le début de la compétition.

Le dimanche, Muguette arriva sur la place du village vers 10 h 30. La messe devait être célébrée à 11 heures. Une estrade décorée de ballons et une buvette avaient été construites pour l'occasion. Elle aperçut Ginette s'affairer derrière le comptoir. Les premiers oisifs conversaient autour d'un ballon de vin blanc. Elle prit la direction de la petite église. Sur le parvis, elle reconnut Ernestine, en grande conversation avec plusieurs femmes du village.

— Ça fait du bien, ce beau soleil ! s'extasiait Ernestine. Et vous entendez le gazouillis des moineaux ? Ça donne des envies de printemps.

— Pourvu que nous ayons un meilleur printemps que l'année dernière, dit une dame à ses côtés. On a failli rallumer le chauffage au mois de mai. Ce n'est pas tellement le froid le problème, c'est l'humidité.

— C'est ben vrai, on n'a plus de saison, approuva une autre dame en rajustant sa capeline. On a beau s'habiller quand c'est humide, c'est humide.

— Bonjour, Mesdames, les salua-t-elle en dépassant le groupe des bavardes.

— On ne peut pas encore rentrer, dit Ernestine en se lançant à sa poursuite.

Muguette reboutonna le col de son manteau alors qu'elle s'avançait dans la nef. Les bancs de bois en rang d'oignons de chaque côté de l'allée principale attendaient religieusement les fidèles. Ses yeux prirent quelques instants pour s'habituer à l'obscurité. Les vitraux peu nombreux ne laissaient aucune chance à la lumière de faire son entrée, et les cierges à droite de l'autel se débattaient pour ne pas s'éteindre.

— Il nous faut sortir, chuchota Ernestine, la messe est dans vingt minutes.

Muguette plissa les yeux pour essayer de distinguer les icônes cachées dans les niches qui se multipliaient sur toute la longueur des murs de pierres. Elle s'avança vers l'autel sans prêter attention à la présence d'Ernestine qui camoufla son embarras dans la dentelle blanche de son mouchoir. Des photos de la jeune majorette avaient été regroupées sur une table drapée de noir. Des peluches et des mots sur des papiers découpés en forme de cœur ou de fleur avaient été déposés à son intention.

— Qui est-ce ? demanda-t-elle, laissant résonner sa voix contre la voûte.

— C'est Téo, son petit ami. Nous devons sortir. Ce n'est pas convenable.

— Je le voyais plus grand et plus costaud. Pour un bûcheron, il ne fait pas le poids.

— Il n'est pas bûcheron, répondit Ernestine, visiblement amusée.

— Il participe bien au concours de lancer de hache.

— Oui.

— Allez-vous me dire son métier, à la fin ? ronchonna Muguette, agacée.

— Il est soldat.

— Il doit être en garde à vue.

— Oh non ! s'exclama Ernestine, laissant à son tour sa voix ricocher contre la voûte de l'église.

Elle se tut un instant et regarda autour d'elle, craignant l'arrivée du curé.

— Il était à sa caserne près de Pau. Il est rentré hier, reprit-elle en chuchotant encore plus bas, il n'a pas pu assassiner la pauvre petite.

— Et là qui est-ce ?

— C'est notre très cher curé Farfeduc et là, c'est la classe d'Élise. Ils ont participé à la restauration du toit et du clocher. C'était juste avant le décès de notre bon curé, l'année dernière. Sortons maintenant.

*
* *

La messe dura une heure. Une heure durant laquelle le curé de Bargoissin-le-Haut ponctua son sermon de chants louant les bienfaits du Seigneur. Il finit la messe par quelques mots à l'intention de la famille et des amis de la victime disparue dans une mort atroce, mais qui se trouvait à présent souriant béatement à la droite du Seigneur. Muguette combattit pendant tout ce temps une forte envie de bâiller. Elle repéra dans la foule Célestina et Béatrice, assises à côté de Rosa et de Ginette qui avait laissé non sans esclandre son comptoir sans surveillance. La messe terminée, les fidèles se recueillirent un instant devant les photos de la fille du pays. On ajouta des peluches, des fleurs et d'autres petits mots.

— Sa mère a été hospitalisée, disait une dame au chemisier fleuri. Pauvre femme, elle a eu bien du malheur avec cette petite.

— S'amouracher d'un soldat à son âge. Elle avait quoi ? 15 ans ?

— 17, rectifia la dame à la capeline qui tenait à présent cette dernière contre le pan de sa jupe en coton. Mais Emma m'a parlé d'un autre homme plus vieux que la petite voyait en cachette.

— Si c'est pas malheureux.

— Comment va-t-elle ? s'enquit une femme manifestement plus jeune que les autres.

— Ben, ça a été un choc. C'est une chose ben affreuse. Ah ! Mes pauvres dames, c'est la délinquance des villes qui attaque nos campagnes !

— Vous avez raison, approuva la dame au chemisier fleuri, c'est ce qui arrive quand on n'a pas de morale. Vous avez remarqué ! Le soldat, il n'est même pas là ! Si ce n'est pas la preuve d'une mauvaise conscience.

Elles passèrent distraitement devant les photos, prirent

une mine de circonstance en exprimant leurs condoléances au père de la défunte et se dirigèrent vers la sortie.

Muguette, à son tour, passa devant les photos. Son regard se posa à nouveau sur le curé Farfeduc. C'était un homme petit d'environ 80 ans. Il se tenait à gauche du groupe de jeunes gens, le dos légèrement voûté. Il était plutôt maigre et la sévérité avait sculpté des rides de part et d'autre de sa bouche. Élise souriait. Elle avait attaché ses cheveux en une queue-de-cheval un peu haute qui lui donnait un air enfantin. Muguette sortit. Ses yeux durent à nouveau s'habituer à l'abondance de lumière de ce premier jour du printemps.

— Pénélope, dit-elle en se dirigeant vers le terrain de foot aménagé pour la compétition, notre victime n'était apparemment pas la coqueluche de ses camarades. Il semble qu'elle n'avait pas d'ami et, a contrario, sûrement pas mal d'ennemis. La jalousie, dites-vous. C'est un mobile plausible, mais tellement banal et combien décevant ! Mon instinct me dit que nous ne grattons pour l'instant que la partie visible de l'iceberg.

Plusieurs panneaux ronds en paille habillés d'une cible de papier étaient alignés au fond du stade. Des jeunes gens étaient en train de discuter près des bancs de touche. Muguette entendit un sifflement et un bruit sourd. Une hache venait de se planter toute droite dans une des victimes de paille. Un jeune homme petit et sec s'avança d'un pas traînant. Il tira sur le manche de bois et repartit se remettre en position. Il lança l'objet tranchant qui fendit l'air avant de se planter à nouveau. Muguette s'approcha pour se tenir derrière lui.

— Bonjour, Téo, je me nomme Muguette Lagrange, dit-elle alors que le jeune homme s'apprêtait à lancer pour la troisième fois.

Il bandait les muscles de son bras comme on bande la corde d'un arc, la hache petite et maniable devenant le prolongement de sa main.

— Je vous connais. On dit que vous fouinez à propos d'Élise, dit-il avant d'élancer son bras en avant et de lâcher le projectile qui, après quelques vrilles parfaites, atteignit encore une fois le cœur de la cible.

Elle ne put qu'apprécier la dextérité du jeune homme. Elle se demanda quand même si cette capacité impressionnante à ne jamais rater sa cible pouvait servir à autre chose qu'un simple concours ou au meurtre d'une majorette.

— Vous l'avez tuée ?

Les mots atteignirent leur cible aussi certainement que la hache avait atteint la sienne. Le jeune homme serra les poings et se retourna. Sa colère s'effrita à la vue de la petite vieille.

— Non, Madame. Je l'aimais.

— Je veux bien vous le concéder. Et puis la police vous a disculpé, sinon vous ne seriez pas là.

— Vous êtes perspicace, dit-il, un brin d'ironie dans la voix.

— Observatrice, voilà tout. Qui en voulait à Élise ?

— Elle était jalousée. Les autres, ils faisaient courir des tas de rumeurs à son sujet, mais de là à la tuer.

— Des rumeurs sur ses mœurs volages ?

— C'est faux ! hurla Téo. Elle m'aimait !

Le groupe de jeunes gens les fixa un instant avant de se disperser pour rejoindre leur espace d'entraînement. Il s'était rapproché. Elle sentit son haleine fortement alcoolisée.

— Bien, dit-elle en rapprochant son visage du sien, alors il va falloir tout me dire.

— Vous dire quoi ? Il n'y a rien à dire. J'ai tout dit à la police. Vous vous croyez plus maligne qu'eux.

Elle sourit légèrement. Elle savait que ses cheveux blancs et ses grands yeux clairs inspiraient la confiance. Il était plus facile à une vieille femme comme elle de recueillir les confidences.

— La nature m'a dotée de suffisamment de bon sens et de curiosité pour me permettre de rivaliser avec les effectifs de la maréchaussée. Je veux savoir qui en voulait à Élise au point de lui planter une hache dans le dos.

Le jeune homme se tut un instant.

— Il y a bien Emma. C'est elle qui a monté tout le monde contre Élise. C'est une teigne ! Emma est méchante, mais ce n'est pas une meurtrière.

— Rien d'autre ne vous vient à l'esprit ?

— Il y a bien cette histoire… Voilà, depuis quelque temps, Élise n'avait qu'une obsession. Elle voulait retrouver son père.

— L'homme dans l'église n'est pas son père ?

— C'est ce qu'elle pensait, elle m'a dit qu'elle devait trouver des preuves.

— Vous a-t-elle dit qui était ce géniteur ?

— Non, elle m'a juste dit qu'elle tenait l'information du curé Farfeduc.

— Je crois qu'il va falloir que nous ayons accès à sa chambre.

— Ses parents ne me laisseront jamais entrer. Ils sont comme les autres, ils pensent que c'est de ma faute.

— Pourquoi penseraient-ils cela ?

— Ils restent étriqués dans leur morale de bourgeois. Élise et moi, on n'était pas des moutons. À ses 18 ans, on avait prévu de se barrer de ce coin pourri. Elle voulait partir vivre aux États-Unis…

La voix du jeune homme se brisa.

— Vous n'aurez donc pas accès à son domicile, mais moi si.

Chapitre 5

Une vache leva la tête. La cloche autour de son cou tinta gaiement dans le silence de cette fin d'après-midi. Elle s'arrêta de ruminer un instant, ses grands yeux suivant la progression d'une petite bonne femme. Dans son manteau de ville et bottines en cuir aux pieds, cette dernière arpentait avec une certaine dextérité pour son âge le chemin de cailloux longeant les prés.

Avant de rentrer à la maison, Muguette avait pris la direction du manoir des Furets. Voilà dix minutes maintenant qu'elle avait quitté le village et ses rues pavées. Elle avait entendu parler de cet endroit. On le disait hanté ou maudit selon la personne qui se tenait en face de vous. Le premier propriétaire avait assassiné son épouse et ses quatre fils. Cette histoire remontait au début du XXe siècle. À son arrivée, elle s'était rendue aux archives de la ville. Il avait fallu pour cela qu'elle prenne le bus. C'était un moyen de locomotion qu'elle affectionnait tout particulièrement. Elle aimait le paysage défilant derrière la vitre, les panneaux avec le nom des villages aiguisant sa curiosité, Montobeux-les-Vignerons ou Saint-Capet-les-Hirondelles. Elle aimait examiner au loin le pic d'une église dépassant les arbres touffus et elle se délectait des couleurs – jaune, rouge, orange – du patchwork que formaient les champs à perte de vue. Elle n'avait pas trouvé grand-chose.

Elle ne savait donc que ce qu'elle avait glané auprès des villageois.

De rumeur en on-dit, elle avait appris que le manoir avait été vendu une première fois à un riche marchand qui avait fait faillite quelques mois après son acquisition. On l'avait retrouvé pendu dans la salle de billard. Après ça, le manoir était resté fermé jusqu'à l'arrivée des troupes allemandes qui en avaient fait leur QG. Personne n'avait vraiment voulu aborder ces quelques mois sombres où la cour du manoir s'était abreuvée du sang des fusillés. Un couple d'excentriques de la capitale avait racheté la bâtisse dans les années quatre-vingt-dix. Elle n'avait rien trouvé sur eux non plus. Ils y avaient habité quelques mois, puis un beau matin les Foins-Moussonnois avaient trouvé les volets et la porte clos. La voiture avait quitté le garage. Depuis, le manoir était resté inoccupé, se délabrant de saison en saison. Les enfants du village, comme Célestina et Béatrice, s'y rendaient parfois pour mettre à l'épreuve leur courage en y passant la nuit.

Elle atteignit enfin le portail. La vieille demeure sombre siégeait sur un parc où la nature avait peu à peu repris ses droits. Des bosquets de ronces avaient envahi le sous-bois et le lierre avait totalement étouffé la façade. Seule la porte fracassée, ouverte comme une bouche béante, laissait entrevoir les entrailles du bâtiment victorien. Muguette pénétra dans la propriété. Des touffes d'herbe sèche s'élevaient des craquelures du goudron. L'allée était déformée par les bosses et les creux que les racines des chênes avaient érigés en s'insinuant avec fracas sous l'asphalte.

— Faites attention, Pénélope. Je vous sais plutôt gourde. N'allez pas tomber.

Pénélope acquiesça, marchant du même pas lent que sa maîtresse.

— Pensez-vous que les demeures aient une âme ? demanda Muguette en s'arrêtant un instant devant les grandes marches en pierre du perron.

Elle examina la façade et les alentours. Une nuée d'oiseaux transperça le blanc du ciel. Un chien aboya au loin.

— Si tel est le cas, continua-t-elle en pénétrant à l'intérieur, celle-ci a une âme si sombre que rien ne peut la sauver. Ne traînez pas, Pénélope ! Nous savons bien toutes les deux que les fantômes n'existent pas.

La vieille dame sortit une lampe torche de son sac. Elle tourna la manivelle et le faible faisceau éclaira les murs de pierre souillés d'écritures et de dessins obscènes. Outre les débris arrachés par le temps assassin, des bouteilles, des mégots et d'autres détritus gisaient sur le sol. On devinait par endroits la mosaïque du carrelage craquelé et la beauté éteinte des tentures décolorées. À la belle époque, le manoir avait dû être grandiose avec ses boiseries sculptées, ses marqueteries raffinées, ses draperies sophistiquées et ses meubles luxueux. Il ne subsistait plus rien de l'élégance d'autrefois. Il ne restait que des immondices et une forte odeur d'urine. Il était presque 18 heures, le jour déclinait. La lumière faiblarde de la lampe torche ne laissait pas une grande aise à l'exploration. Elle atteignit tout de même la scène du crime, non sans trébucher. Une tache marron sale teintait une silhouette tracée au sol à la craie. Elle s'accroupit. Elle examina d'abord les lieux. Elle vit l'escalier délabré au pied duquel elle se trouvait. Elle examina ensuite la position du corps.

— Elle descendait, affirma-t-elle en braquant sa lampe sur le palier supérieur.

Le filet de lumière ne suffisait pas à percer les ténèbres de l'étage, il lui faudrait monter.

Elle éclaira chaque recoin de la petite pièce. Des lambeaux de papier peint s'échouaient sur la carcasse d'une bergère. Il s'agissait sûrement d'un ancien petit salon, de ceux qui servaient à faire attendre les visiteurs. Elle se retourna en direction de la sortie. Il n'y avait que deux issues et la victime avait été tuée d'un coup de hache dans le dos. Donc son assassin ne pouvait venir que de l'escalier. Muguette s'accrocha à la rampe de pierre et posa le pied sur la première marche, la lampe toujours braquée sur l'obscurité du premier étage. Si l'assassin s'était enfui, il était forcément passé devant Célestina et Béatrice. Il avait dû se cacher le temps que les deux gourdes déguerpissent et reviennent avec le garde champêtre, dont la maison était à deux pas. Il leur avait fallu moins d'une minute pour faire l'aller. Disons quelques minutes supplémentaires, le temps que le garde champêtre ouvre la porte, comprenne leur charabia, enfile son manteau, attrape son fusil et fasse le chemin dans le sens inverse. Cela laissait largement le temps au coupable de filer sans être vu.

Elle monta prudemment les dernières marches. Le parquet craqua sous ses talons. Le premier étage n'avait rien à envier au rez-de-chaussée. Sa vétusté et sa saleté étaient tout aussi saisissantes. Le couloir sombre desservait plusieurs chambres et deux salles de bains. À présent, la nuit avait entièrement envahi le ciel et les étoiles se laissaient épier par les volets ouverts. Elle s'avança à petits pas vers la baignoire agonisante. Le lavabo avait rendu l'âme sous les assauts d'un quelconque objet contondant. Au milieu des gravats, elle aperçut un morceau de feuille déchirée. Une écriture aux boucles longues noircissait le papier jauni. L'humidité avait avalé les premières lignes. Muguette ne déchiffra que quelques mots : « Tu vas payer pour ce que tu m'as fait » et les lettres L, I et S dans la formule d'introduction. Une lettre de menace adressée à Élise. Elle n'eut pas le temps de poursuivre sa réflexion, le coup porté l'assomma.

Quand elle rouvrit les yeux, elle reconnut le visage rehaussé d'une paire de bacchantes rousses qui la fixait avec insistance.

— Vous êtes le garde-chasse, prononça-t-elle en frottant la bosse qui s'était développée au sommet de son crâne.

— Oui, M'dame, c'est exact. Vous avez eu d'la chance que je passe par là.

— De la chance ? Vous m'avez frappée à la tête ! aboya-t-elle en se relevant.

— Non, M'dame, pas moi, dit-il en désignant par la fenêtre une silhouette que deux policiers escortaient jusqu'au fourgon. Vous êtes tombée dans les pommes, faudrait mieux que vous alliez voir le docteur.

— Ce ne sera pas nécessaire, je me sens tout à fait bien. Qui est-ce ?

L'un des policiers fit entrer un homme menotté dans le

panier à salade avant de claquer la porte et de se diriger vers la portière conducteur.

— C'est le benêt. Fallait bien que ça arrive.

— Que voulez-vous dire ?

— Qu'il agresse quelqu'un. C'est pas sa faute, mais y travaille du chapeau. Il n'a pas la lumière à tous les étages, voyez. Moi je crois qu'il a eu un coup de sang parce que la Élise ne voulait pas de lui. Affaire réglée. C'est ben triste, surtout pour sa mère. Elle s'est sacrifiée pour qu'il ait une vie normale. Ben, c'est comme ça, c'est la vie comme on dit. On va pouvoir enfin dormir sur nos deux oreilles, conclut le garde-chasse. Qu'est-ce donc que vous cherchez ?

— Un morceau de papier que je tenais dans la main avant mon agression.

Le garde-chasse effectua un tour complet sur lui-même, les yeux rivés sur le sol.

— Nan, Madame, y a rien. Mais vous devriez rentrer prendre du repos. Avec la bosse sur vot'tête, vous avez plus les idées claires.

— Sachez, Monsieur, que bosse ou pas bosse, j'ai toujours les idées claires. Venez, Pénélope. Rentrons.

— À qui donc qu'elle parle ? Y en a d'autres qui n'ont pas la lumière à tous les étages, lâcha le garde-chasse en sortant à son tour.

*
* *

Arrivée à la maison, elle retroussa le nez en apercevant la berline. Son fils et sa bru l'attendaient dans le salon. Quand il la vit, François Lagrange cessa de faire les cent pas.

— Comment est-ce possible, maman ? Madame Lafosse nous a contactés heureusement, avant que le scandale éclate. Les forces de police, je ne comprends pas, intrusion sur une scène de crime et tu as failli te faire tuer, balbutia François Lagrange qui virait au cramoisi alors que la colère faisait trembler sa voix. Tu n'en fais qu'à ta tête. Tu penses à nous, à moi ? Tu penses à ma carrière, aux actionnaires, à ma future place de P.-D.G. ? Non, bien sûr, tu n'en fais qu'à ta tête.

— Tes tempes grisonnantes et ton ventre bedonnant ne te laissent aucunement le droit de me parler sur ce ton. Jeune homme, je suis ta mère ! rétorqua-t-elle d'un ton qui ne laissait pas de place à la discussion. J'ai pris une décision. Je vais vendre l'appartement des quais de Saône et m'installer définitivement ici.

— Vendre l'appartement, mais Murielle…, finit-il par articuler après être resté coi, abasourdi par la nouvelle. Tu perds la tête ?

— Non, mon fils. L'argent me permettra de restaurer cette vieille bicoque en commençant par ce chauffage qui pétarade et qui trouble mon sommeil. Je suis une vieille femme et le sommeil à mon âge, quand on le trouve, ça n'a pas de prix. Et puis les quais de Saône, c'est devenu bien trop humide pour moi. Murielle avait raison. L'air de la campagne est bien plus sain.

— Mais tu ne peux pas vendre, balbutia François en s'affalant dans le fauteuil au tissu fleuri.

— Et pourquoi donc ? Cet appartement m'appartient.

— Oui, mais…

— Bien. Nous sommes d'accord. Je vais sans délai

contacter mon avocat, conclut Muguette en claquant la porte du salon. Voyez-vous, Pénélope, le temps que ma bru trouve une parade à la vente, je devrais pouvoir démêler ce brouillamini. Parce qu'une question me turlupine depuis ma discussion avec Célestina et Béatrice. Qu'y avait-il de si urgent à se rendre au manoir des Furets pour que notre victime ne prenne même pas le temps de poser sa tenue de majorette ?

Chapitre 6

Debout devant la fenêtre, le commissaire Eustache Maraud attendait l'apparition de cette dame d'un âge certain dont on lui avait longuement fait les éloges. Ses presque deux mètres de haut et son quintal lui donnaient la stature d'un ogre. Il était connu pour son caractère calme et son esprit pratique. Pourtant aujourd'hui il était nerveux, ce qu'illustrait parfaitement la torsion qu'il affligeait à ses mains cachées dans son dos. Une petite dame au chapeau fleuri apparut au coin de la rue. Elle marchait d'un pas rapide en direction du commissariat. À hauteur de la grille, elle s'arrêta un instant, parlant tout haut, certainement à l'oreillette de son téléphone. Il sortit l'accueillir dans le hall.

— Madame Lagrange, merci de vous être déplacée jusqu'au commissariat.

— C'est un plaisir. J'apprécie de prendre le bus.

Il la devança jusqu'à son bureau.

Il entendit le claquement véloce de ses talons sur le lino vert. Il la pria de s'asseoir dans un des fauteuils en cuir. Elle découvrit ses cheveux blancs et posa son chapeau sur ses genoux. Puis elle attendit en silence, l'air un peu pincé, le bleu intense de ses yeux posé sur lui. Il fit le tour du bureau et s'installa en face d'elle, ses grosses mains à plat sur le bureau.

— Madame Lagrange, j'ai entendu parler de vous et de

vos exploits dans la résolution d'affaires épineuses, et je n'ai aucun doute quant à la raison de votre présence au manoir des Furets. Je tiens à vous faire remarquer tout de même la dangerosité d'un tel comportement, surtout à votre âge.

Muguette le fusilla du regard.

— Monsieur, je connais mon âge et ses dangers, et le plus important est l'inactivité qui vous scelle dans la morosité et la solitude. Je pensais avoir été convoquée pour relater les faits d'hier au soir et non pour entendre une leçon de morale.

— On m'a aussi fait part de votre caractère bien trempé, dit le commissaire en souriant. En effet, je voulais m'entretenir avec vous au sujet des événements d'hier soir.

— J'étais en train d'explorer les différentes pièces de l'édifice quand un individu m'a assené un coup sur la tête. Et ensuite, c'est le trou noir. Je n'ai rien vu ni rien entendu. Ce jeune homme a-t-il reconnu m'avoir frappée ?

Le commissaire Maraud fronça ses sourcils broussailleux.

— Il se nomme Corentin Dupuit. Ça vous dit quelque chose ?

— Non, je ne le connais absolument pas.

— Il semblerait que vous lui ayez fait peur.

— Lui faire peur ? (Elle rit) Une dame de mon âge ne fait plus peur à personne depuis longtemps.

— Il est terrifié par les cheveux blancs.

— En effet, dans ces conditions… D'après le garde-chasse, il serait aussi l'auteur du meurtre de la petite majorette.

— Il est trop tôt pour le certifier. Auriez-vous des informations qui nous seraient utiles pour faire avancer l'enquête ?

Muguette prit un moment avant de répondre, passant sa mémoire en revue à la recherche d'indices.

— Je crains que non. Cette petite n'était pas beaucoup appréciée. Il y a bien cette jeune fille prénommée Emma.

— Je connais sa réputation. Une petite sotte avide de pouvoir. Je vais la faire venir pour l'interroger.

— Mais Corentin Dupuit avait un mobile. Son attirance pour Élise et le fait qu'elle l'ait éconduit semblent une piste raisonnable. Alors pourquoi lis-je le contraire dans votre regard ?

Le commissaire soupira et ses larges épaules se soulevèrent dans un geste de résignation.

— Corentin est mon neveu par alliance. C'est un jeune homme doux avec le QI d'un enfant de 5 ans. Il a peur du noir, des chiens et de la grosse voix du boulanger. Il ne sait pas lacer ses chaussures ni s'habiller tout seul. On a retrouvé du sang sur ses vêtements. Il est en cours d'authentification.

— Je ne veux pas être pessimiste…

— Je sais… Le mobile, les preuves, tout est contre lui. Ce vieux manoir, c'est comme un château magique pour lui. Il y est fourré sans arrêt. Il s'y cache surtout pendant la fête du printemps, parce qu'il y a une chose qui le terrifie encore plus que la couleur de vos cheveux… Ce sont les haches. Madame, j'aimerais que vous continuiez vos investigations et que vous me fassiez part de votre avancée. Corentin étant mon neveu par alliance. Si les résultats sont positifs, on va me retirer l'enquête. Mon remplaçant ne devrait pas trop se poser de questions avant de l'inculper.

— La tâche me paraît ardue, dit-elle en esquissant un sourire, mais je suis à votre disposition.

Le commissaire lui tendit sa grosse poigne. L'affaire était conclue.

— Une dernière question. Auriez-vous retrouvé un morceau de papier jauni dans les affaires de Corentin ?

— Non, pourquoi ?

Muguette fronça les sourcils et ferma la porte derrière elle.

Chapitre 7

Le jeudi arriva enfin. Après des discussions interminables et très ennuyeuses avec sa bru et les suppliques affligeantes de son lourdaud de fils, Muguette promit de réfléchir et repoussa pour quelques semaines la vente de l'appartement. Elle les regarda partir avec soulagement. Le printemps était bien engagé. Elle décida de revêtir sa veste légère gris chiné, qu'elle agrémenta d'un carré de soie coloré mais discret. Elle trottina comme à son habitude à travers les rues pavées du village, répondant aux saluts d'un petit coup de tête courtois. Quand elle arriva chez Ernestine, Ginette et Rosa étaient déjà attablées autour de biscuits et d'une tasse fumante.

— Vous prendrez une tisane à la sauge ? proposa son hôtesse.

— Oui, certainement.

— Alors, je vous disais que le benêt, il a ben dit que c'est pas lui, mais paraît-il que la police a trouvé des preuves. Faut ben dire qu'il n'est pas normal. À le laisser traîner comme ça, fallait ben que ça arrive. Et toi la Muguette, comment tu vas avec le coup que t'as pris sur la caboche ?

— Bien. Mais continuez. Ce benêt, comme vous dites…

Muguette se remémora la Une du journal. Il était écrit

que l'homme âgé de 32 ans, déficient mental, avait été inculpé pour le meurtre de la jeune majorette et l'agression d'une vieille femme.

— Il s'appelle Corentin Dupuit. Sa grand-mère est l'un des rares rescapés des fusillés du manoir des Furets.

— Cette baraque, faut ben la brûler, elle est rien que du malheur.

— Il y a eu des survivants ? dit Muguette, piquée par la curiosité.

— Sylviane Dupuit, la grand-mère de Corentin. Le père de mon défunt mari, Charles Lafosse, décédé lui aussi. Et Maurice Laronce, l'ancien proviseur. Ils ont été laissés sur place lors de la débandade des Allemands à l'annonce de la Libération. Ils sont restés enfermés dans les caves du manoir pendant deux jours avant que Maurice n'arrive à forcer sa porte et vienne ouvrir les autres. Il n'avait que 16 ans. Quel drame !

— Le principal, c'est qu'il ne puisse plus faire de mal à personne, ce calu[1], et qu'ils le gardent longtemps.

— La mère d'Élise est rentrée à son domicile. Je pense qu'il serait opportun, Ernestine, que vous lui rendiez visite. Vous êtes la présidente du comité des femmes de l'église. Il est de votre responsabilité d'exprimer les condoléances en notre nom à toutes, dit Muguette en portant la tasse à ses lèvres.

Elle souffla légèrement sur le liquide doré avant d'en boire une petite gorgée.

— Oui, en effet, c'est une charmante idée.

---

[1] Expression provençale signifiant « fou ».

— Bien, je suis disponible à votre convenance.

— Vous comptez m'accompagner ? balbutia Ernestine en cachant son embarras derrière la blancheur de son mouchoir.

— Bien entendu. Vous êtes si émotive. Il vaut mieux qu'une personne robuste vous assiste.

— Merci, dit la petite dame, stupéfaite par tant de sollicitudes.

— Mais de rien, c'est normal.

*
* *

La visite fut portée au samedi, le temps qu'Ernestine puisse avertir toutes les femmes et que ces dernières s'affairent à la confection de quelques bons petits plats. C'est les bras chargés de boîtes en plastique, étiquetées au nom de chacun des mets, qu'Ernestine et Muguette sonnèrent à la porte des Dusillon. Leur charge déposée à la cuisine, elles prirent place dans le salon. En face d'elle, assise sur le sofa, la mère d'Élise contenait ses larmes. Elle les remercia pour ce geste amical et, esquissant un sourire poli, elle leur proposa quelques gâteaux avec le thé.

— Pourriez-vous m'indiquer les commodités ? demanda Muguette.

— Au fond à gauche.

— Merci. En vieillissant, la vessie vous fait souvent défaut, le reste aussi d'ailleurs. Je crains d'en avoir pour un petit moment, souffla-t-elle en s'enfuyant dans le couloir.

Arrivée devant la porte des toilettes, elle écouta les voix qui reprenaient le fil de la conversation. Elle rebroussa chemin et s'arrêta devant un énorme sens interdit sur une porte close. La chambre d'Élise était plutôt grande, mais il y régnait un capharnaüm inimaginable. Vêtements jetés à la hâte, livres, maquillage jonchaient le sol. Sur le lit, des dizaines de peluches avaient élu domicile. Le moindre carré de tapisserie était recouvert d'affiches et de photos représentant New York et les plages de Floride. Muguette referma doucement la porte.

— Quand on fait des recherches sur son géniteur, on doit bien avoir des archives. Pénélope, rendez-vous utile et faites le guet. L'adolescence a ses contradictions. C'est l'âge où l'on demande plus d'attention de ses parents, mais aussi plus d'autonomie. On dit que tout se joue dans la petite enfance, mais en fait c'est à l'adolescence qu'il faut être vigilant. Si j'avais été plus présente pour François à cette époque, il ne serait pas devenu aussi mou et inconséquent. C'est certain. Je n'aurais pas dû laisser le soin à son père de gérer son éducation. Que voulez-vous…

Elle s'interrompit. Elle posa un genou à terre et tira délicatement sur la prise qui dépassait de sous le lit. Un ordinateur portable apparut, traînant avec lui quelques moutons de poussière et une chaussette qui n'était plus de première fraîcheur.

Elle brancha l'appareil et appuya sur le bouton. L'ordinateur émit un ronronnement suivi d'un bip et l'écran s'alluma sur une page d'accueil demandant le mot de passe de l'utilisateur. Elle en essaya plusieurs, mais l'ordinateur lui répondit inlassablement que ce n'était pas bon. Elle regarda sa montre. Voilà dix bonnes minutes qu'elle avait déserté le salon. Il lui fallait faire vite. Elle balaya la chambre du regard.

— Bien sûr, susurra-t-elle en tapotant les touches.

Le fond bleu laissa la place à un panoramique de New York. Plusieurs icônes apparurent.

— Muguette, tout va bien ?

C'était Ernestine.

— Je vous rejoins immédiatement, répondit-elle en connectant à l'ordinateur la clef USB qu'elle avait pris soin d'emporter pour la visite.

Chapitre 8

Emma Lemoine était assise en salle d'interrogatoire. À sa gauche, une femme aux traits similaires, quoique plus marqués par les années passées à essayer de paraître plus jeune, tapotait la table de ses ongles french-manucurés. Le commissaire Eustache Maraud prenait toujours le temps d'examiner derrière la vitre sans tain les personnes qu'il s'apprêtait à interroger. Il était facile de garder une contenance au départ, une sérénité à peine simulée, mais après vingt minutes d'attente sans information sur le qui ou le pourquoi, le naturel revenait vite au galop. Mimiques d'agacement ou tics d'impatience finissaient toujours par refaire surface.

— Ils en mettent un temps ! s'irrita la mère d'Emma en se levant. Le commissariat, voilà un nouvel exploit dont j'aurais pu me passer. Et ne me dis pas que tu ne sais pas pourquoi nous sommes là. Je loupe ma séance de squash à cause de toi.

Les yeux noirs de l'adolescente fixaient la vitre. Elle replaça une mèche rebelle derrière son oreille et fit la grimace pour découvrir ses dents. Elle gratta avec l'ongle de son petit doigt un morceau de salade coincé entre sa canine et son incisive droite. Puis, satisfaite, elle passa lascivement sa langue le long de ses dents d'une blancheur surnaturelle.

— Cesse de faire ça, c'est dégoûtant. Je ne t'ai pas élevée dans une porcherie.

— Tu ne m'as pas élevée du tout ! cracha l'adolescente en s'étirant, laissant sa poitrine déborder de son chemisier.

— Tu es irrécupérable, siffla la femme, excédée. Va-t-on nous dire ce qui se passe à la fin ?

La porte s'ouvrit, laissant place à une imposante silhouette.

— Veuillez vous asseoir, demanda le commissaire en prenant place en face des deux femmes. Madame Lemoine, je vais être direct. Je vous ai convoquées pour parler d'Élise Dusillon.

— La petite qui est morte au manoir ? Nous n'avons rien à voir avec cette histoire, affirma la femme en croisant les bras.

— Emma et Élise étaient en conflit. Il semblerait que votre fille n'appréciait pas beaucoup la victime et qu'elle ne s'en cachait pas. Plusieurs personnes pourront en témoigner.

— Oui et alors ? grinça madame Lemoine, excédée. Je ne comprends pas bien le problème.

— D'après les témoignages, Emma était vraiment remontée ce jour-là et elle aurait proféré des menaces, expliqua le commissaire qui regarda l'adolescente se refermer comme une huître.

— Qu'est ce que c'est que cette histoire ? Explique-toi.

La colère faisait ressortir les petites rides au coin de ses yeux. Celles qu'elle mettait tant de temps à camoufler à coup de crèmes et de fond de teint. Elle serra ses mains pour en arrêter le tremblement. À ce moment précis, elle aurait voulu gifler Emma, mais la présence du policier l'en dissuada.

— Élise n'était qu'une garce. Elle a baisé avec la moitié du lycée. C'était une pétasse.

— Asseyez-vous, ordonna le policier. Je vais vous poser des questions et votre mère sera de mon avis, il vaut mieux pour vous que vous disiez toute la vérité.

— Tu me couvres de honte et ton père aussi. Je te savais mauvaise et bonne à rien, mais de là à faire du mal à cette jeune fille. Réponds au commissaire ! Quand ton père va savoir ça, il va être anéanti. Comme toujours, tu ne sais faire que le mal. Tu es la honte de notre famille.

— Tais-toi ! Dégage ! Je ne veux plus te voir ! hurla Emma. Je vous dirai tout, Commissaire. Mais faites-la sortir.

— Comment oses-tu me parler sur ce ton, sale ingrate ?

— Je pense qu'il est nécessaire que vous sortiez.

— Vous ne pouvez pas interroger ma fille sans ma présence.

— Je vous appelle dès que nous avons terminé, dit-il en ouvrant la porte.

La femme passa ses doigts dans ses cheveux pour y remettre un peu de gonflant. Elle respira profondément. Elle ferait bonne figure malgré l'affront. Mais tout se paie un jour et cette pensée la réconforta. Elle tira sur sa jupe trop courte et sortit sans un regard pour sa progéniture.

— Nous sommes seuls, Mademoiselle, je vous écoute.

— C'est vrai que je la détestais. Je ne sais pas pourquoi .. À cause de ses airs de sainte-nitouche et de petite bourgeoise. Rien que sa présence m'agaçait. Ce jour-là, le coach nous a dit qu'elle ferait le solo pour le défilé de la fête du printemps. Ça m'a gavée.

— Vous avez proféré des menaces à son encontre.

— Putain, je viens de vous dire que j'étais énervée ! Cette salope venait d'arriver dans la troupe et elle faisait déjà le solo.

— Vous l'avez tuée ?

— Non. Mais je crois que si j'avais pu, je l'aurais fait. Je suis mauvaise, ma mère vous l'a dit.

— Je crois surtout que vous êtes malheureuse.

— Ne jouez pas les psys avec moi. Vous ne me connaissez pas, dit-elle en prenant une position qui laissait au commissaire tout le loisir de contempler le haut de ses cuisses. J'étais à une fête ce soir-là. J'ai des tonnes de personnes qui pourront vous le certifier.

— Je vérifierai ces informations, dit-il en écrivant sur un morceau de papier. Tenez, ce sont les coordonnées d'une assistante sociale. Appelez-la de ma part et demandez-lui de vous aider.

— Je n'ai pas besoin d'aide.

— Des filles comme vous, j'en ai vu des tas tout au long de ma carrière. Les coups qu'elles s'infligent sont plus douloureux que les beignes qu'elles reçoivent. Quoi que votre mère veuille vous faire croire et quoi que vous pensiez, vous ne méritez ni les insultes ni les gifles.

— C'est n'importe quoi.

— Si vous le dites.

Il lui tendit le numéro de téléphone. Elle le toisa d'un air de défi sans bouger.

— Si ça peut vous faire plaisir, capitula-t-elle en fourrant le papier dans sa poche.

Chapitre 9

Cédric avait collé son oreille contre la porte.

— Parle-lui de Pénélope.

— Un instant, je vous prie. Murielle, cesse de me crier dans les oreilles, je n'entends pas ce que me dit le médecin.

— Je te dis de lui parler de Pénélope. Ta mère parle à sa bonne morte depuis plus de quinze ans. Si ce n'est pas un signe de déficience mentale…

— Oui, Docteur, je suis à vous. Donc pour le dossier de tutelle, nous aurions besoin d'un certificat médical prouvant l'altération des facultés mentales de ma mère. Elle prend des décisions inconsidérées qui pourraient mettre en péril toute la famille. Bien, Docteur, merci. Au revoir.

— Qu'a-t-il dit ? demanda Murielle, très excitée par la situation.

Sa belle-mère sous tutelle, elle jouirait de l'appartement des quais de Saône sans condition. Après quelques semaines, elle enverrait cette vieille bique en maison de retraite. À elle les voyages à Bali et les bijoux sur lesquels elle avait à peine le droit de poser les yeux. Enfin maîtresse en sa demeure. Cela faisait si longtemps qu'elle attendait ça.

Elle refoula un rire nerveux.

— Il doit la voir en consultation. Elle ne voudra jamais

y aller. Le docteur va donc se présenter à Saint-Foins-les-Moussons lundi vers 14 heures.

— Ça nous laisse deux jours, dit Murielle, songeuse. Il ne faut surtout pas qu'elle soit au courant. Tu connais ta mère, elle serait capable de trouver une entourloupe. J'irai lundi pour être certaine qu'elle soit présente et qu'elle n'invente pas quelques mensonges de son cru.

— Crois-tu que c'est la bonne solution ? Je veux dire, c'est radical. Ma mère va nous en vouloir, c'est sûr.

— Mon chéri, je comprends tes réticences, mais tu prends la bonne décision. Quand ta mère s'en rendra compte, elle te remerciera d'être aussi prévenant avec elle.

Murielle lui sourit avant de poser un baiser furtif sur ses lèvres.

— Tu as sans doute raison, admit-il, résigné.

*
* *

Cédric se précipita dans sa chambre. Il tapa le numéro de sa grand-mère sur son portable. Après plusieurs sonneries, il raccrocha agacé.

— Cette foutue manie de ne jamais répondre après 18 heures.

Il tapota sur son iPhone.

Le dernier bus pour Saint-Foins-les-Moussons partait dans une demi-heure. Il jeta quelques affaires dans un sac à dos.

— Je vais dormir chez Éric. Je rentre demain soir, dit-il en passant la porte d'entrée.

Après une heure de trajet, le bus le déposa au seul arrêt sur la place du village en face de l'église. Il regarda autour de lui, il faisait nuit et l'endroit était désert. Il avait 11 ans la dernière fois que ses parents l'avaient traîné ici. C'était le dernier été qu'il avait passé avec son grand-père. Le dernier été où il avait tenu une canne à pêche et s'était levé à 5 heures du mat' sans râler. Ils partaient tous les deux aux heures où le soleil lèche l'horizon, pour taquiner la carpe et le poisson-chat, le casse-dalle dans la besace. Une grand-mère normale les aurait attendus vers 11 heures et s'extasiant devant une prise si abondante, elle aurait couru à la cuisine préparer ces merveilleux poissons. Pas Muguette. Elle n'avait rien à voir avec les mamies des fictions. Celles que l'on voit les joues rondes et le sourire doux préparer des gâteaux et des confitures. Elle détestait Saint-Foins-les-Moussons, le silence de la campagne, l'odeur du poisson, les gâteaux et la confiture. Elle aimait le bruit et les lumières de la ville, dîner au restaurant et surtout les faits divers. Le soir au coin du feu, elle lui faisait le récit d'affaires criminelles souvent terrifiantes. Il adorait ça, même si certaines l'avaient suivi longtemps dans ses cauchemars. Il réfléchit. La maison de famille était en retrait à côté de l'ancien restaurant derrière l'église. Il prit la petite ruelle. Il encaissa le choc sans avoir le temps de mettre ses mains en protection devant son visage. Il prit le coup de coude dans la pommette gauche.

— Vous pourriez vous excuser ! cria-t-il à l'individu qui venait de le bousculer en sortant du cimetière.

Il tomba sur l'ancien restaurant sans trop le chercher et se félicita d'avoir un bon sens de l'orientation et une fameuse mémoire.

La maison était éteinte. Il tenta quand même la porte d'entrée. Pas de Muguette à l'horizon. Il s'assit sur le perron, 20 h 30, elle ne devrait plus tarder. Soudain, il sentit la pression d'une pointe de botte sur sa cuisse. Il avait dû s'assoupir.

— Que fais-tu ici ? Tes parents sont avec toi ? Ils sont déjà venus la semaine dernière. Il ne faut quand même pas que cela devienne une habitude !

Elle l'enjamba pour atteindre la porte.

— Rentre donc.

L'adolescent récupéra son sac à dos et s'engouffra dans la maison.

— Salut. Les parents sont restés en ville. T'as pas un truc à bouffer ? Je meurs de faim.

— Ils n'ont plus les moyens de te nourrir, pour que tu débarques ainsi sans prévenir ? Tu aurais pu téléphoner.

— Je l'ai fait, mais tu n'as pas répondu.

— Certes, coupa court Muguette, en sortant du frigo le reste de purée et la carcasse déjà bien entamée d'un poulet rôti. Qu'est ce que tu as fait à ta joue ? Tu t'es battu ? Ne t'ai-je donc rien appris ? La violence ne résout rien. C'est avec ton cerveau qu'il faut te défendre.

— T'inquiète, c'est un petit vieux tout à l'heure. Il m'est rentré dedans. Il m'a mis un coup de coude, dit le jeune homme en découvrant dans la glace de l'entrée l'hématome sous son œil. Dis donc, il caille ici.

— Le chauffage fait des siennes.

— Tout comme toi, se moqua-t-il en déjointant une cuisse dodue.

— Cesse ces allusions, on dirait ton père. Tu ne m'as toujours pas dit pourquoi tu étais affalé sur le pas de ma porte à cette heure tardive.

— Tes discussions avec Pénélope. Tu sais qu'elle est morte ?

— Me prends-tu pour une sotte ? Je sais bien qu'elle est morte.

— C'est un problème.

— C'est plus un problème pour elle que pour toi, il me semble.

— Non. En l'occurrence, lundi à 14 heures, ce sera un problème pour toi.

Cédric lui relata la discussion dont il avait été témoin. Ces informations portées à sa connaissance, la vieille dame établit la contre-attaque.

Chapitre 10

« **B**onjour, Madame Lagrange, je suis venu dès que j'ai eu votre message.

— Si nous faisions quelques pas ? » proposa-t-elle en se levant.

Ils marchèrent en silence jusqu'au stade. Des joueurs de foot en culotte courte avaient remplacé les compétiteurs de la fête du printemps. Ils longèrent la pelouse synthétique, s'éloignant des gradins. Arrivé à l'orée du bois et loin de toutes les oreilles indiscrètes, le commissaire Maraud entama la conversation.

— Emma Lemoine a un alibi. Elle était à une fête. Élise est morte entre 21 heures et 22 h 30, l'heure à laquelle on a trouvé son cadavre. Plusieurs témoins ont dit avoir vu Emma toute la soirée. Elle n'a pas eu le temps de se rendre de Saint-Capet-les-Hirondelles où se déroulait la soirée au manoir. Elle n'a pas de véhicule et, à vélo, il faut plus d'une heure rien que pour l'aller.

— Je m'en doutais. Ce genre de pécore sévit surtout en groupe où elle peut allégrement récolter les fruits de sa méchanceté. Elle trouvera bientôt une nouvelle tête de Turc. C'est navrant.

— Téo Lemoine a déserté. Il ne s'est pas présenté au retour de sa permission. Il reste introuvable. Il est certain qu'il en sait plus que ce qu'il veut bien dire.

— Élise avait entamé des recherches pour retrouver son géniteur.

— Je ne savais pas que c'était une enfant adoptée.

— Non, elle ne l'était pas. Elle était en possession de ceci, dit Muguette en lui tendant un paquet de feuilles A4 agrafées entre elles. Un dossier regroupant les résultats d'une recherche active sur le manoir. Apparemment, Élise était très intéressée par l'histoire de cette bâtisse et de ses propriétaires. Sa mère y a travaillé quelque temps avant sa naissance pour le compte du duc et de la duchesse de Carcampois.

— Une histoire de gros sous, évidemment. Le géniteur pourrait être le duc. Je vais faire des recherches et je vous tiens rapidement au courant. Ah, Muguette ! Vous êtes une aide précieuse, se réjouit le commissaire.

— Comment va votre neveu ?

— Corentin a été interné dans le service de psychiatrie de Saint-François-les-Capucines. Il ne dit plus un mot. Le choc de l'incarcération a été trop violent. Les médecins parlent d'un état de mutisme aphasique. Ils espèrent que ce sera temporaire. En attendant, nous n'avons plus aucun contact avec lui.

— Vous m'en voyez désolée. J'espère que nous pourrons lui venir en aide rapidement. Commissaire, j'aurais besoin d'un petit service personnel. J'ai un rendez-vous demain à 14 heures auquel ma belle-fille veut absolument participer. Il faudrait qu'elle ait quelques heures de retard.

— Je vais voir ce que je peux faire. Je ne vous demande pas pourquoi vous ne lui dites pas tout simplement de s'abstenir.

— Vous êtes bien aimable, dit-elle en esquissant un sourire entendu.

*
* *

Murielle Lagrange se pomponna comme à son habitude. Elle mit du mascara sur ses cils trop courts à son goût, la bouche légèrement entrouverte pour stabiliser les battements de ses paupières.

Elle allait avoir 50 ans le mois prochain. L'appartement des quais de Saône, quel beau cadeau pour fêter son demi-siècle ! François était un pleurnichard qui n'avait jamais su tenir tête à sa mère. Sa marâtre sous tutelle, elle pourrait enfin jouir de ce qui lui était dû. Des années à supporter les critiques et les mesquineries de cette vieille peau. Elle serait bientôt débarrassée de cette empêcheuse de tourner en rond. Mais elle n'était pas non plus sans reconnaissance, ils iraient de temps en temps lui rendre visite dans sa nouvelle maison de retraite, au moins pour Noël peut-être pour Pâques.

Sur la route, elle alluma la radio. Un air de jazz envahit l'habitacle. Elle se surprit à fredonner et sourit. L'air était frais et le soleil, sans nuages. L'animateur annonça 13 h 45. Elle appuya légèrement sur l'accélérateur. Elle n'entendit pas tout de suite la sirène. La voiture se plaça à son niveau et le policier lui fit signe de se garer. Elle posa les yeux sur les chiffres de l'horloge numérique. 13 h 48. Elle appuya sur le clignotant et se gara sur le bas-côté. Le fossé était envahi par une multitude de petites fleurs jaunes, blanches et bleues. On apercevait çà et là des sauterelles et d'autres insectes batifolant dans les herbes hautes. Murielle baissa la vitre électrique.

— Bonjour, Madame. Contrôle de police, veuillez me présenter les papiers du véhicule.

Elle récupéra sa besace. 13 h 50, elle n'aurait qu'un peu de retard, rien de bien méchant. Elle farfouilla, tâtonnant de sa main droite, à la recherche de ses papiers.

— Les sacs des femmes, dit-elle alors que ses doigts s'accrochaient nerveusement à son trousseau de clefs, son portable, sa brosse à cheveux.

Elle finit par y plonger la tête. Elle sortit sa trousse de maquillage, son porte-cartes et finit par vider son sac sur le siège passager.

— Je suis confuse, mais je n'ai pas mes papiers.

— Je vais vous demander de me donner les clefs du véhicule, s'il vous plaît.

Le second policier se dirigea vers la voiture de service. Elle le vit dans le rétroviseur parler dans le micro et revenir rapidement à hauteur de sa portière.

— Madame, je vais vous demander de nous suivre au commissariat. Êtes-vous sûre que cette voiture vous appartient ?

— Absolument. Qu'insinuez-vous ?

— Je vais vous demander de descendre du véhicule.

— Je ne comprends pas. Je vous assure que c'est ma voiture.

Assise à l'arrière du véhicule de police, elle posa ses yeux larmoyants sur l'affichage du tableau de bord.

— 14 h 05, siffla-t-elle entre ses mâchoires serrées par la colère.

Chapitre 11

Muguette se rendait chez Ernestine. L'affaire n'avait pas beaucoup avancé.

Le commissaire avait retrouvé le duc. Il était depuis quelques mois au cimetière. Il avait rejoint son épouse décédée quelques années plus tôt. Il avait deux héritiers. Malgoire de Carcampois était un homme de 25 ans qui dirigeait une entreprise de fret au Japon. Capucine, sa cadette, était une jeune fille de 18 ans qui continuait des études de l'art dans un pensionnat à Londres. Il était tout à fait possible que l'existence d'Élise eût été un souci. Le duc à sa mort avait laissé une importante fortune que les enfants reconnus n'avaient sûrement pas envie de partager avec une demi-sœur sortie d'on ne sait où. Si le mobile était plus qu'acceptable, les moyens de commettre le crime étaient quasi inexistants. Ni Malgoire ni Capucine n'avaient jamais mis les pieds à Saint-Foins-les-Moussons. Sous une fausse identité, peu probable. Les inconnus sont vite repérés dans un petit village de campagne. Et il n'y avait pas eu de nouveaux arrivants récemment. Que l'un ou l'autre ait commandité l'assassinat de la petite serait plus concordant. Encore fallait-il prouver qu'Élise était bien la fille du duc, comme elle semblait le penser.

Une chose était certaine, le meurtrier faisait partie des habitants. Le jeune Téo était toujours introuvable. Aurait-il pu s'inventer un alibi solide ? Avec de l'argent, tout restait possible.

— Bonjour, Madame Lagrange.

Une dame maigre venait de la stopper dans sa réflexion. Les rides qui creusaient son visage donnaient l'impression qu'on l'avait essoré pour en retirer tout le liquide.

— Bonjour, dit Muguette, un brin déboussolée par cet arrêt impromptu.

— Je suis Sylviane Dupuit, la grand-mère de Corentin. Je ne voulais pas vous importuner. Je tenais à m'excuser pour l'attitude de Corentin et vous remercier pour votre aide. Eustache ne fait que des louanges sur vous.

— Ce n'est aucunement mérité pour l'instant. Je n'ai rien trouvé qui pourrait vraiment aider votre petit-fils. Peut-être pourrait-il nous éclairer un peu sur cette affaire ?

— Il est toujours muet comme une carpe. Seule sa mère a pu lui rendre visite. Il est maigre comme un clou, mais on s'occupe bien de lui apparemment.

— Le commissaire m'a dit que le sang retrouvé sur les vêtements de Corentin avait confirmé sa présence cette nuit-là. Savez-vous pourquoi il était au manoir ?

— Je ne sais pas ce qui l'attire là-bas, soupira-t-elle, mais il y passait un temps fou. Sa mère avait beau l'enfermer à clef, il trouvait toujours le moyen de s'échapper pour y retourner. Tout ça, c'est de ma faute.

— Que voulez-vous dire ?

— Son obsession pour le manoir, c'est de ma faute. Voyez-vous, je participe à des conférences avec monsieur Laronce. Nous témoignons des événements que nous avons vécus lors de la Seconde Guerre dans les collèges et les lycées. C'est important que la nouvelle génération connaisse ces faits pour que plus jamais l'histoire ne se répète.

Muguette acquiesça.

— J'ai emmené Corentin à plusieurs d'entre elles. C'est là qu'il a rencontré Élise. Après ça, elle lui faisait toujours un sourire ou un signe de la main quand elle le croisait, même si Corentin ne lui répondait pas toujours. C'est un jeune homme… comment dire… un peu lent. Il vit dans un monde bien à lui. Les autres le traitent souvent méchamment alors qu'il est juste un peu différent. Élise était toujours gentille avec lui. C'est un drame atroce.

— D'après la police, Corentin était amoureux d'Élise. Il l'aurait assassinée dans un moment de colère, car elle ne partageait pas ses sentiments.

— C'est impossible ! Corentin est un garçon naïf qui ne ferait pas de mal à une mouche. S'il était amoureux de cette jeune fille, je pense qu'il nous l'aurait dit. Je n'ai jamais compris cette attirance qu'il a pour cet horrible endroit.

— Vous voulez parler du manoir des Furets ?

— Hélas, Madame. Il s'y est passé bien des choses affreuses et, encore aujourd'hui, voyez ce qui arrive à notre famille.

— Tranquillisez-vous, je pense que les obsessions et les peurs de Corentin sont dues surtout à l'étrangeté de son cerveau et non à vos actes. D'ailleurs, comment faites-vous avec vos cheveux blancs ?

— Pardon ?

— La peur que lui inspirent les chevelures blanches…

— Eustache m'a parlé de cela. C'est très récent. En fait, maintenant que j'y pense, ça correspond avec la mort de la petite. Croyez-vous que cela puisse l'aider ? dit Sylviane Dupuit dont les yeux s'étaient soudain éclairés d'une lueur d'espoir.

— Je ne sais pas, répondit Muguette, pensive. Ce qui pourrait nous aider, c'est qu'il nous relate exactement ce qui s'est passé. Une dernière question cependant : Corentin aurait-il pu écrire des lettres d'amour à Élise ?

— Oh non ! Comment aurait-il pu ? Il est incapable de tenir une conversation d'adulte. C'est un enfant innocent. Je vous en prie, Madame Lagrange, aidez mon petit.

Muguette arriva en retard chez Ernestine. Du hall d'entrée, elle entendit les cancans de Rosa Fussulini et le rire sonore de Ginette Dupré.

— Comme je vous le dis, un fort beau garçon que ce jeune duc, gloussa Rosa. Un bon parti pour Célestina.

— Il n'est pas un peu vieux pour votre petite fille ? se formalisa Ernestine.

— Pour ma fille, alors.

— Je crains cette fois-ci qu'il ne soit un peu trop jeune.

— Oui, peut-être. Mais vous devez admettre qu'il a de l'allure.

— De qui parlons-nous ? les interrogea Muguette en rejoignant la table.

— Nous ne vous avons pas entendue entrer. Désirez-vous une tasse de thé ? proposa Ernestine.

— Avec plaisir. Alors de qui parlons-nous ?

— Malgoire de Carcampois, le jeune duc. Il est descendu à la pension des Mimosas. Il est arrivé hier dans la nuit.

— Tu devrais voir c'te voiture qu'il a, une décapotée, un vrai bijou.

— Une décapotable, rectifia Muguette.

— Ouais, comme tu dis. Et lui, c'est un beau gars bien coiffé avec de beaux habits.

— Je me demande si le commissaire Maraud est au courant.

— Que dites-vous, chère amie ? demanda Ernestine.

— Rien de bien important. Ce jeune duc est à la pension des Mimosas, c'est cela. Connaissons-nous les raisons de sa venue ?

— Le manoir, Élise. C'est le propriétaire de cette ignoble bâtisse, il se doit de présenter ses condoléances à la famille.

— Un carton et des fleurs m'auraient semblé tout aussi suffisants. Il y a d'autres raisons et je compte bien les découvrir.

— Vous voyez des choses là où il n'y a rien.

— En effet, chère Rosa, c'est une de mes qualités.

Chapitre 12

Malgoire de Carcampois s'étira. Il n'avait pas dormi aussi bien depuis des semaines. Il regarda sa montre. Il était 11 heures passées avec le décalage horaire, il était 19 heures au Japon. Il attrapa son téléphone et appela chez lui. Pas de réponse. Son épouse – enfin, s'il pouvait encore l'appeler ainsi – ne décrocha pas. Où était-elle allée ? Ils faisaient chambre à part et ne se parlaient plus. Mais, depuis leur mariage, avaient-ils déjà eu une simple conversation ? Il chercha dans sa mémoire. Lui, le nez dans ses affaires ; elle, toujours par monts et par vaux dans des dîners mondains ou des soirées de charité. Il n'arrivait pas à mettre le doigt sur le moment où leur couple avait attaqué la pente descendante. Quand avait-il arrêté de la complimenter ? Quand avait-elle arrêté de l'attendre pour aller se coucher ? Pour la première fois depuis des semaines, il savait qu'il ne croiserait pas son regard accusateur. Ce regard plein de colères et de reproches qu'elle lui lançait quand ils se croisaient au hasard d'un couloir de leur grand appartement à Tokyo. Pourtant, elle avait tout ce qu'elle désirait : les robes des plus grands couturiers, des fourrures, des bijoux hors de prix. Elle lui reprochait son absence, il lui avait acheté un petit chien. Elle lui reprochait son indifférence, il lui avait acheté un plus grand appartement. La situation était arrivée au point mort. En rentrant, il devrait prendre une décision. Elle avait posé les papiers du divorce sur la table de la cuisine. Elle lui avait dit de sa voix cristalline au doux accent nippon : « Signe ». Un mot depuis des semaines de silence. Un seul mot qui sonnait la fin de leur couple. Il ne l'aimait plus, il en était certain. Mais il n'arrivait pas à mettre un terme à ce fantasme d'un couple beau et uni qui était pour lui l'apogée de la réussite. Le coup de téléphone du commissaire Maraud n'avait été qu'un prétexte pour sa fuite.

Il souleva le rideau pour découvrir la place du village quasi déserte. À gauche, la petite église et son parvis. À droite, un stade vide caché derrière un écran de grands arbres. Deux femmes discutaient. Autour d'elles, des enfants se couraient après en poussant de grands cris. Après l'effervescence perpétuelle de Tokyo, ce petit monde vivant au rythme du soleil était inhabituel. Il resta un moment à la fenêtre, observateur d'un mode de vie qui lui était jusque-là complètement étranger. Il regarda les enfants courir, rire, se chamailler et finir par se cacher derrière les arbres. Il considéra les femmes qui rappelaient leur marmaille et se séparaient sur un dernier salut de la main. Il attendit de longues minutes avant que n'apparaisse un autre personnage. Elle s'approcha de la façade de l'hôtel. Il distingua sous un chapeau fleuri une petite bonne femme qui tenait à son bras un sac à main de cuir marron. Elle leva la tête et ses yeux d'un bleu intense se posèrent sur lui. Il lâcha le rideau. Il était trop tard pour avoir un petit déjeuner complet. En descendant dans le hall, il se demanda s'il pourrait au moins boire un café noir. Il n'arrivait pas à commencer une journée sans ingurgiter ce liquide amer qui précipitait les battements de son cœur. Il en reprenait plusieurs dans la journée. Des envies soudaines qui l'empêchaient de penser à autre chose, accro à la caféine comme d'autres à la cocaïne. Il s'approcha du restaurant où une serveuse mettait en place la salle pour le service du midi. La jeune femme brune astiquait consciencieusement une fourchette. Elle frotta l'ustensile encore quelques secondes avec son torchon immaculé, puis elle l'examina minutieusement. Satisfaite, elle passa à un couteau.

— Mademoiselle ! l'interpella-t-il.

Elle sursauta, le regarda, ahurie, comme si elle sortait d'un long sommeil.

— Puis-je avoir un café, s'il vous plaît ?

— Certainement. Sucre, lait…

— Noir, merci.

— Je dois pouvoir vous trouver un peu de pain frais et un reste de confiture, dit-elle en s'enfuyant vers la cuisine.

Il s'installa près de la fenêtre et sourit. Ce n'était pas en ville qu'il rencontrerait des personnes aussi disponibles. La gentillesse, voilà bien une qualité des gens de la campagne. La bonne mine également. Ces joues rouges qui prenaient le bon air à outrance et ce teint frais hâlé par le soleil printanier. Il se demanda depuis combien de temps il n'avait pas laissé l'astre caresser son visage et réchauffer sa peau. Lui qui passait ses journées dans son bureau et ses nuits à la lueur des spots et des néons de la ville qui ne dort jamais. La serveuse revint avec un plateau. Elle posa une tasse fumante et une assiette avec un croissant.

— Si vous avez besoin de quoi que ce soit, n'hésitez pas. Je m'appelle Marianne, dit-elle en souriant.

Il regarda s'éloigner cette fille aux hanches larges et aux formes généreuses, bien loin des canons de beauté que sa femme s'évertuait à suivre. Elle poursuivait une minceur quasi maladive qui lui avait ôté tout plaisir pour les bons repas qu'ils partageaient au début de leur mariage. Liposuccions des cuisses, du ventre, remodelage des fesses, augmentation mammaire, remodelage du nez, comblement des rides par injections qui avaient effacé du même coup ses expressions. Sa silhouette maigre, son visage figé, son corps étaient devenus aussi vides d'émotions que son cœur.

— Vous lui avez tapé dans l'œil, comme dit mon petit-fils. Je m'appelle Muguette Lagrange, dit la petite vieille en s'installant en face de lui. Marianne, puis-je avoir une tisane au thym ? Avec ce temps changeant, je préfère prendre mes précautions. Le thym est un désinfectant naturel. Une petite cure au début de chaque saison et les microbes passent leur chemin. Vous devriez en prendre une tasse. Vous semblez souffrant.

— J'ai ce qu'il me faut, merci.

Il but une gorgée de café et ressentit instantanément les vertus du précieux liquide. Ses pensées reprirent un déroulement linéaire, rapide et exact. Il se sentit de nouveau d'attaque.

— Et que me vaut l'honneur de votre compagnie ? dit-il en faisant tinter légèrement la tasse sur la coupelle.

— Je tenais à vous souhaiter la bienvenue dans notre petite bourgade et vous proposer mes services. Vous devriez mettre une tenue décontractée. Je vous emmène faire le tour de notre cher village, vous pourrez converser avec les habitants à votre guise. Vous allez voir, la vie à la campagne est des plus revigorantes. Je passe vous prendre après déjeuner À tout à l'heure.

Elle se leva, abandonnant sa tasse à peine entamée, et sortit sans lui laisser le temps de refuser. Il la regarda s'éloigner par la fenêtre et se demanda s'il avait bien emporté son jean et son polo gris.

Chapitre 13

Après le déjeuner, Muguette emmena le duc faire le tour du village. C'était un jeune homme plaisant, plutôt discret, peu causant. Bien loin de l'image qu'elle s'était faite d'un jeune chef d'entreprise aux dents longues capable de faire tuer une jeune fille par appât du gain. Au fil de leur balade, ils rencontrèrent plusieurs villageois qui les scrutèrent avec curiosité et une certaine inquiétude.

— Les gens n'apprécient pas ma présence, constata Malgoire de Carcampois alors qu'ils s'engageaient sur le chemin les menant au manoir.

— Vous êtes un étranger. Ce qu'on ne connaît pas inspire toujours de la crainte. Et puis vous êtes le propriétaire du manoir des Furets. Avez-vous eu connaissance des événements qui se sont déroulés dans cette maison ?

— Le commissaire m'a fait part de la fin tragique de cette jeune fille. Elle se nommait Élise, si je ne me trompe pas.

— C'est exact.

— Je suis ici pour finaliser la paperasse et vendre cette ruine, continua le jeune homme, le regard empli de nostalgie. Elle appartenait à mon père. On a dû y passer un été.

— Qu'en pense votre sœur ?

— Ma sœur, elle n'était pas née. Cette maison m'a toujours donné la chair de poule, dit-il en frissonnant.

— Je voulais parler du décès tragique d'Élise Dusillon.

— Pardonnez-moi. On voit que vous ne connaissez pas Capucine. Tout ce qui ne tourne pas autour de sa petite personne ne l'intéresse pas. Mais parlez-moi un peu de vous. Qu'avez-vous à voir avec cette affaire ?

— Je cherche des réponses.

— Ce n'est pas ce que nous faisons tous ?

— C'est très juste, répondit-elle, amusée. J'espère que vous aurez l'amabilité de m'éclairer sur quelques points, car vous êtes le seul à pouvoir le faire.

— Vous m'intriguez.

— J'en suis certaine. Nous arrivons.

La demeure était encore plus imposante que dans le souvenir de Malgoire. Il sentit une décharge électrique lui labourer la peau du dos. Il frissonna de nouveau. Il n'avait passé que quelques mois dans le manoir. À l'époque, son père travaillait beaucoup. Sa mère l'avait presque supplié d'acheter la demeure.

— Lison, susurra-t-il alors qu'ils s'approchaient du porche.

— Que dites-vous ?

— Je pensais tout haut. Ma mère était une originale. Elle adorait les vieilles demeures, surtout celles que l'on disait hantées. Croyez-vous que ce manoir soit hanté ? C'est pour cela qu'il arrive tant de choses horribles dans cet endroit. Vous sentez ce froid, ce n'est pas normal.

Il se frotta les épaules pour se réchauffer.

— Je ne pense pas, affirma Muguette. Qui est Lison ?

— Ma mère répétait souvent que la pauvre Lison traînait sa peine dans le manoir, mais il n'y avait qu'elle qui ressentait sa présence. Elle voyait une ombre ou un craquement et elle s'exclamait : « C'est la pauvre Lison ! » Je n'avais pas pensé à cette histoire depuis des années.

En entrant, le duc frotta énergiquement ses yeux pour faire fuir les larmes qui voulaient les envahir. Il avança. Les planches du parquet grincèrent sous son poids. Le bruit d'une porte qui claque le figea sur place.

— Un courant d'air, affirma-t-elle en passant devant lui.

Au loin, ils entendirent un bruit sourd et des rires étouffés en direction de l'escalier.

— Je crois que nous avons de la compagnie. Ne vous inquiétez pas, c'est une compagnie faite de chair et d'os, je vous l'assure. Les adolescents du village aiment à se retrouver dans ces décombres. Pour se faire peur, sans doute. Montrez-vous, jeunes gens ! ordonna la vieille dame.

Une nuée de jeunes filles apparut en haut de l'escalier.

— Madame Lagrange, c'est bien ça ? dit une brunette.

— Et à qui ai-je l'honneur, Mademoiselle ?

— Je m'appelle Emma Lemoine.

— Vous êtes de la famille de Téo Lemoine ?

— Sa cousine. Mais on ne se fréquentait pas beaucoup. C'est un idiot.

Des rires s'échappèrent du groupe.

— Que faites-vous ici ? demanda Malgoire d'un ton cassant.

— Vous êtes le duc, n'est-ce pas ? Un mot de vous et je quitte tout, dit Emma en minaudant. Nous sommes ici pour Élise. Nous voulions lui rendre un dernier... hommage. Nous l'aimions beaucoup, même si elle était...

— Une tepu, coupa une voix dans le groupe des adolescentes qui rirent de plus belle.

— Sortez d'ici, gronda Malgoire qui sentait la colère l'envahir.

Les jeunes filles descendirent l'escalier sans se presser.

— Au revoir, à bientôt j'espère, glissa Emma à l'oreille du jeune homme.

Le duc tituba jusqu'à l'escalier, il se laissa choir sur les marches. La poussière qui se souleva fit tousser Muguette.

— Tout est en ruine, Madame. Cette maison est à l'image de mon mariage. Poussiéreux et sentant le moisi. Elle veut divorcer. Elle a raison. En rentrant, je signerai les papiers.

— Êtes-vous certain de n'avoir jamais eu de contact avec Élise ?

— Elle m'a appelé il y a quelques mois, avoua-t-il d'une voix presque éteinte.

— Elle vous a dit pourquoi elle voulait vous parler ?

— Je ne l'ai pas prise au téléphone, j'étais trop occupé. Vous pensez que j'aurais pu lui sauver la vie ?

Il éclata en sanglots.

— Rentrons, dit-elle.

*
* *

Muguette raccompagna le duc jusqu'à l'hôtel. Il la remercia et la salua avant de disparaître derrière les portes en chêne. Il devait repartir la semaine suivante.

— Les affaires n'attendent pas, déclara-t-il d'un ton las.

Il n'avait pas 30 ans, mais il était déjà désabusé par un

train de vie harassant qui ne lui apportait aucun réconfort et un piètre goût du bonheur.

— Le succès, l'argent, la reconnaissance, les gens courent après des choses qu'ils considèrent comme les clefs du bonheur. Il suffit pourtant d'ouvrir les yeux. Ma pauvre Pénélope, parfois je vous envie. Vous au moins vous n'avez plus à subir toutes ces absurdités, dit-elle en sortant un sac en plastique de sa poche, de ceux dont on se sert pour mettre les aliments au congélateur. Ma conversation avec le duc m'a éclairée sur certains points. Ceci nous donnera une réponse claire et irréfutable.

Elle examina la petite cuillère à café.

— Allô, Commissaire, je crois que nous avançons.

Chapitre 14

« Corentin, il faut manger. »
La mère du jeune homme ne savait plus comment faire. Elle venait ici tous les jours et elle voyait son fils, son unique enfant, assis sur une chaise, les yeux dans le vague. Il ne l'entendait pas, ne la voyait pas. Les cachets qu'on lui faisait prendre l'abrutissaient. Lorsqu'il était bébé, elle avait vite compris que quelque chose ne tournait pas rond. Corentin ne pleurait jamais, même pour manger. Il se tortillait et grimaçait, puis il la fixait de ses grands yeux gris. Mais rien, pas un bruit. Il n'avait pas prononcé une syllabe avant l'âge de 5 ans. De toute façon, il ne communiquait que pour répondre à des besoins primaires. Il désignait le robinet pour boire, le frigo pour manger, son pantalon quand encore il s'était souillé. Il avait fini par articuler des mots puis quelques phrases, lors de son court passage à l'institut. Une fois majeur, plus aucune structure ne pouvait l'accueillir. Quand Corentin avait eu 18 mois, le médecin avait prononcé le mot « autisme ». C'est comme si la vie s'était effritée autour d'elle. Elle ne s'était pas effondrée. Elle avait encaissé la nouvelle et l'avait emportée avec Corentin à la maison. Jour après jour, elle répétait les mêmes gestes, les mêmes phrases. Puis elle avait vu son mari ouvrir la porte, mettre sa valise dans le coffre de la voiture et disparaître. Elle avait répété les

mêmes gestes, les mêmes mots, encore et encore. Elle avait vu sa vie de femme prendre la porte, ses amis disparaître. Elle avait regardé grandir son petit bonhomme, une âme d'enfant dans un corps d'homme.

Elle approcha la cuillère de soupe des lèvres closes de Corentin.

— Mange un peu, supplia-t-elle.

Il ne bougea pas. Elle lâcha la cuillère qui atterrit sur ses genoux ; la soupe depuis longtemps froide dégoulina sur sa jupe. Des sanglots secouèrent ses épaules fatiguées. Et soudain, un murmure lui fit relever la tête. Un son presque inaudible qui s'enfuyait par les lèvres entrouvertes de son petit garçon. Elle tendit l'oreille et lui caressa la joue. Il posa ses yeux sur elle et se mit à chantonner « Les feuilles mortes se ramassent à la pelle... »

Chapitre 15

Muguette avait mis son plus beau chapeau. Un chapeau blanc orné d'un ruban bleu qui faisait ressortir le bleu de ses yeux. Elle n'avait pas téléphoné pour annoncer sa visite, mais elle était certaine que son hôtesse serait à la maison. La mère d'Élise n'avait pas mis le nez dehors depuis le drame. Le cliquetis saccadé de ses talons rythmait sa progression dans les rues silencieuses de ce début de matinée.

— Bonjour, Madame Lagrange.

— Bonjour, Madame Dupuit.

Muguette constata avec agacement que ce visage de momie semblait toujours être sur son trajet quand elle était pressée.

— Je vous présente Maurice Laronce. Je vous ai parlé de lui, souvenez-vous. C'est un héros de guerre.

— Voyons, Sylviane, vous m'embarrassez. Enchanté, dit-il en effleurant des doigts le bord de son chapeau.

— Enchantée, répondit-elle. Excusez mon incorrection, mais je suis attendue.

— Bien sûr, nous ne voulons pas vous retarder. Vous enquêtez sur le meurtre de la petite Dusillon. Quel gâchis, une enfant si charmante ! Et Corentin, un jeune homme sans histoires. C'est très triste, tout cela. Nous espérons tous que vous pourrez lui venir en aide, dit-il en tapotant la main que sa compagne venait de passer à son bras.

— Certes. Excusez-moi, mais je dois vraiment vous laisser, jeta Muguette en s'échappant sur la route.

— Vous viendrez à la prochaine conférence ?

— Oui, oui ! s'écria-t-elle sans se retourner.

Elle arriva devant la maison et s'avança sous l'auvent. Elle tapa énergiquement trois coups contre la porte avant de s'apercevoir de la présence d'un bouton de sonnette. Son utilisation aurait été superflue et du plus mauvais goût à la suite des coups donnés, mais elle en ferait usage d'ici quelques instants si la porte restait close. S'impatientant, son geste en direction de la sonnette fut stoppé dans son élan par le cliquetis d'une clef dans la serrure.

— Bonjour.

— Entrez, murmura d'une voix éteinte la mère d'Élise.

Muguette pénétra dans le salon. L'odeur de renfermé et d'aliments qui n'étaient plus de première fraîcheur la prit à la gorge. Elle toussa.

— Excusez la pénombre, mais je ne supporte plus la lumière ni le bruit de la rue.

La mère d'Élise avait beaucoup maigri. Elle nageait à présent dans un corsage bleu nuit et un pantalon de toile retenu par une ceinture serrée au dernier cran. Ses cheveux d'une hygiène douteuse pendouillaient sur ses épaules. Ses yeux cernés trahissaient les longues heures où elle avait dû pleurer.

— Votre mari n'est pas là ?

— Il est parti pour quelques jours dans sa famille. Je ne veux pas voir les gens. Je ne veux pas les entendre me dire combien ils me comprennent. Je ne veux pas qu'ils me parlent de leur expérience face à la mort d'un proche et qu'ils noient mon chagrin dans leur verbiage. Je ne veux pas qu'ils m'expliquent comment je pourrais surmonter ma peine. Et surtout, je ne veux pas qu'ils me donnent une raison à tout ça. Dieu, le destin, le coup du sort, les accidents de la vie, je les hais pour ce qu'ils me font subir. Je ne veux pas aller mieux. J'ai souffert dans ma chair à sa naissance. Je veux souffrir à sa mort. Tant que la douleur envahit mon cœur, ma tête, mon âme, je reste avec Élise. Ma souffrance la garde en vie et me garde en vie. Que me restera-t-il si je ne la pleure plus, si je la laisse partir ? Non, Madame, c'est impossible.

Ses yeux roulaient dans ses orbites. Elle ravala un sanglot.

— Savez-vous pourquoi je suis là, Madame Dusillon ?

— Pour parler de ma petite Élise. La police a dit que Corentin l'avait tuée. Il l'a tuée ?

— C'est justement ce que je cherche à découvrir. Saviez-vous qu'Élise effectuait des recherches sur les propriétaires du manoir et en particulier sur le duc et la duchesse de Carcampois ?

— Le duc et la duchesse. C'est étrange. J'ai travaillé pour eux, ils étaient gentils bien qu'extravagants. (Elle esquissa un sourire) Ils sont partis sans rien dire un beau matin.

Elle se mit à pleurer, le visage caché dans ses doigts si fins qu'ils semblaient vouloir se briser à tout moment.

— Je dois ranger sa chambre, déclara-t-elle entre deux hoquets. Vous savez, emballer ses affaires, jeter ce qui ne sert plus à rien. Hier, je suis montée plusieurs fois. J'ai essayé. Je vous jure que j'ai essayé…

— Je vais vous aider.

La femme acquiesça puis se leva. Muguette suivit la silhouette titubante jusque dans la chambre de la jeune fille. Elle tira les rideaux qui laissèrent entrer une douce lumière matinale. La mère d'Élise s'assit sur le lit.

— Je suis désolée, dit-elle en se frottant les tempes, c'est au-dessus de mes forces.

— Je vais vous faire un café et vous mangerez un morceau. Ensuite, nous rangerons ses affaires.

— Pourquoi faites-vous tout ça ?

— J'ai moi aussi perdu une personne chère. Cette fois, je vais découvrir le fin mot de l'histoire, je vous le promets.

Muguette sortit de la chambre pour se diriger vers la cuisine. Il y régnait un capharnaüm tel qu'une chatte n'y aurait pas retrouvé ses petits. La vieille dame dégagea la cafetière. Elle y clipsa deux capsules d'un café corsé qui promettait sur le sachet une pause forte et intense, et partit à la recherche de quelques gâteaux. Elle trouva un paquet de madeleines entamé. Par chance, celles du fond n'étaient pas encore sèches. Elle posa le tout sur un plateau, rinça deux petites cuillères et ouvrit tous les placards une nouvelle fois, à la recherche de morceaux de sucre. Elle trouva de la cassonade.

— Ça fera bien l'affaire, approuva-t-elle en se dirigeant dans le couloir.

Lorsqu'elle poussa la porte, l'impression de déjà-vu lui vrilla l'estomac. Cette situation, elle l'avait déjà vécue, sauf que dans son souvenir c'était elle qui était assise sur le lit de Pénélope, attendant le réconfort qui n'était jamais venu.

— Merci, dit la femme en portant la tasse à ses lèvres.

Nous ne nous connaissons pas et pourtant vous êtes la première personne qui m'apporte un peu de soulagement. Être mère, c'est usant. J'adorais ma fille, mais l'adolescence est vraiment un cap difficile. On ne se comprenait plus. Les enfants sont des sangsues. Ils vous sucent votre amour, votre espace, votre temps, votre énergie. Et après, que vous reste-t-il quand ils s'en vont ? Vous avez des enfants ?

— Un garçon. Il est adulte maintenant. J'ai aussi un petit-fils dont je suis très fière. Mais n'allez surtout pas le lui répéter.

— Un petit-fils…

— Elle aimait les États-Unis ? demanda Muguette en se levant.

— Oh oui ! Elle ne voyait que par New York. Elle voulait partir, je voulais qu'elle reste.

Elle caressa du regard les photos punaisées qui cachaient une frise où couraient des poneys roses.

— Que reste-t-il ? souffla-t-elle. Occupez-vous du bureau s'il vous plaît, je vais ranger ses photos.

L'attention de Muguette fut attirée par un livre dont la tranche était usée et qui ne comportait aucun titre. Elle le feuilleta rapidement. Une écriture ronde et au trait fin noircissait les pages.

Elle s'arrêta sur un passage.

8 janvier 1945

La femme du boulanger vient de me confesser son adultère avec le fils du meunier.

11 avril 1945

Le Pelé a avoué sur son lit de mort qu'il avait bien

déplacé de trente centimètres les barrières de son champ, empiétant sur le champ de l'Albert.

6 mai 1945

J'ai encore attrapé la petite d'en face qui traversait le cimetière. Ces garnements marchent sur les tombes et les ornements sans aucun respect. Je vais redire à monsieur Rigolet de fermer à clef.

— On dirait une sorte de journal, dit la mère d'Élise en le feuilletant à son tour. C'est l'écriture d'Élise, dit-elle en lui tendant le livre.

Au bas de la page, une phrase était soulignée à l'encre rouge. Le nombre 14 était griffonné juste au-dessus.

6 mai 1995 : le duc et la duchesse sont partis. La petite est enceinte.

— Je ne comprends pas. Tout ça est insensé. Le meurtre d'Élise, Téo qui disparaît, vous qui sous-entendez qu'il pourrait y avoir un autre coupable que Corentin, et ce cahier maintenant… Regardez ça, dit madame Dusillon avec un air de dégoût. C'est quoi tout ça ? Un ramassis de secrets de famille inavouables, des cocufiages, des traîtrises, des mensonges et des coups fourrés. Un journal où sont notées toutes les perfidies de ce village. Parce que je vais vous dire, Madame Lagrange, ce petit village aux airs de carte postale, à l'allure toute propre et toute fleurie, il ne faut pas s'y fier. Les habitants sont fourbes, jaloux et calomnieux. Vous pensez que je ne sais pas ce qu'ils peuvent dire sur Élise ou sur moi. Mais je m'en fous. Moi, je connaissais ma fille. C'était une brave petite.

Muguette attendit que les traits de cette femme anéantie par le chagrin se détendent. Elle connaissait ce sentiment de colère qui finissait par vous envahir. D'abord le déni, puis la peine, ensuite la colère. Bientôt viendrait l'acceptation et, si Dieu le voulait, elle pourrait un jour reprendre sa vie en main.

— Si Dieu le veut, c'est cela, dit-elle en ramassant le livre.

Chapitre 16

Le commissaire Maraud se pencha sur le corps qui se trouvait en salle d'autopsie. Il en avait vu des dizaines depuis le début de sa carrière. Quarante ans de bons et loyaux services. Il regarda le visage que la hache avait fendu en deux. Pile entre les deux yeux, avec une précision quasi chirurgicale. Le commissaire gratta la barbe naissante de son menton. Voilà une affaire qui ne faisait pas du tout son affaire. Il devait passer divisionnaire dans quelques semaines, ce qui lui permettrait d'atteindre le plus haut grade avant son départ et de toucher une retraite généreuse. Il avait repéré depuis des mois le bateau de ses rêves et il avait déjà choisi l'endroit où l'amarrer. Un petit port sur la Méditerranée. Il entendait le roulis des vagues contre la coque et le cri des mouettes. Il sentait le parfum iodé des petits matins brumeux et la caresse du soleil couchant sur sa peau. Alors la mort d'une majorette – où son neveu était aux yeux de tous, et surtout ceux du procureur, l'unique suspect – n'avait pas été pour le réjouir. Et à présent, il se trouvait devant un deuxième cadavre. Le médecin légiste avait été formel. L'arme du crime, comme pour la première victime, était une hache.

— Un coup de chance que c't'affaire-là, avait fait remarquer la garde champêtre en lissant ses moustaches.

Un coup de chance, en effet. Les pluies abondantes de ces deux derniers jours avaient raviné la terre et le corps enterré à peu de profondeur avait resurgi à la surface. Mais une chance pour qui ?

Il sortit son téléphone portable, cadeau de ses enfants pour la dernière fête des Pères. Il se devait pour eux, pour lui, pour les autres, d'être dans l'air du temps. Qui pouvait vraiment y échapper ? La télévision, les téléphones portables, Internet avaient à tout jamais chamboulé la vie de l'être humain et sa vie en particulier. Il ne savait pas s'il pourrait vivre longtemps avec ce fil à la patte. Il pensa à son bateau, au clapotis de l'eau et au vent dans sa crinière argentée. Il attendit que l'on décroche à l'autre bout.

— On a retrouvé Téo Lemoine, enterré au fond du cimetière, et ce n'est pas tout.

Sa voix trahissait une nervosité à peine camouflée.

— Certes. Vous avez retrouvé des lettres de chantage, peut-être dans son ordinateur ?

— Oui, en effet. Comment le savez-vous ?

— Il n'y en avait aucune dans celui d'Élise. C'était évident.

La voix de Muguette résonna sèchement dans l'oreille du commissaire.

— Je dois avouer que je ne comprends rien à vos propos.

— J'ai beaucoup réfléchi. Cette pluie incessante me clouant à la maison, j'ai pu à mon aise me pencher sur le journal du curé Farfeduc. Nous nous sommes trompés de motivation. Élise ne recherchait pas un géniteur, elle cherchait un investisseur pour financer ses rêves de voyage. D'après les photos dans sa chambre, elle voulait visiter l'est des États-Unis. C'est un pays très intéressant. Vous connaissez ?

— Pourriez-vous être plus claire ? demanda le commissaire, de plus en plus irrité.

— Élise n'était pas la fille cachée du duc de Carcampois. La petite cuillère me donnera raison. Le jeune Téo m'a aiguillée sur cette voie pour me tromper. Mauvais choix, cela lui a coûté la vie. Ils avaient le projet de partir à l'étranger, mais il leur fallait de l'argent.

— De quel journal parlez-vous ?

— Le journal du curé Farfeduc retrouvé dans la chambre d'Élise. Pourriez-vous suivre un peu, Commissaire ? C'est agaçant. Bref, c'est là que l'affaire prend une tournure vraiment excitante. À l'exception des personnes décédées, toutes les autres présentes dans le journal intime du bon vieux curé sont susceptibles d'être coupables.

— Et leur nombre se monte à combien ?

— D'après mon estimation, si on retire les enfants trop jeunes, les personnes dont le compte en banque est en déficit, donc inintéressant, et ceux qui sont partis loin de Saint-Foins-les-Moussons, environ la moitié du village.

— Mais une chose essentielle est toujours d'actualité. L'assassin est un champion du lancer de hache, comme le prouve le corps du soldat, conclut le commissaire, ragaillardi.

— La découverte du corps du jeune Téo devrait être suffisante pour disculper votre neveu. Il a à coup sûr, pour ce meurtre, le meilleur des alibis.

— Oui, en effet. Comment allons-nous trouver l'assassin ? La liste des suspects s'est sérieusement allongée.

— Nous allons appâter notre coupable en faisant savoir que je détiens le journal et je connais l'équipe parfaite pour passer rapidement l'information auprès de nos concitoyens. Je dois vous laisser, on sonne à la porte.

Elle raccrocha et se dirigea vers l'entrée. En ouvrant, ses yeux se plissèrent, accentuant la ride du lion qui donnait à son visage un air sévère que Cédric connaissait bien.

— Cela devient vraiment une habitude de débarquer sans téléphoner.

— Je te rappelle que la dernière fois, c'était pour te sauver les fesses.

— Ne sois pas impoli, surtout avec une vieille dame.

Il avança et se dirigea vers sa chambre. Elle sentait le vieux bois et la cire au miel, comme le reste de la maison. Il balança son sac de sport sur le lit. Les murs à la tapisserie fleurie étaient recouverts de dessins enfantins, aquarelles et coloriages dont il était l'auteur. Il vérifia ses messages et posa son portable sur la table de nuit.

— Vas-tu m'expliquer tout ceci ? s'impatienta sa grand-mère.

— Ma chère mère m'a foutu dehors. Elle n'a pas mis longtemps pour comprendre qui t'avait mise au parfum et qui lui avait piqué ses papiers de bagnole. Elle m'a dit que puisque je t'aimais tant, je n'avais qu'à aller vivre chez toi. Alors me voilà.

— Certes, tu peux évidemment rester ici. Du moins, le temps que Murielle retrouve la raison.

— Ça risque de durer un moment. Elle a complètement pété les plombs quand le médecin a décidé de ne pas déclarer la mise sous tutelle. Tu aurais vu la crise qu'elle a tapée à papa. Je ne l'avais jamais vue aussi furax et j'ai bien cru un moment qu'il allait pleurer. Elle prépare la riposte.

— Je m'en doute et je sais exactement comment y remédier. Mais il me reste quelques détails à régler. En attendant, installe tes affaires. Tu attaques le lycée dès lundi.

Cédric plissa le nez avant de se jeter sur son lit. L'école, ce n'était pas trop son truc. Il n'était pas un mauvais élève, il était même plutôt bon, mais la plupart du temps, il s'ennuyait. Il voulait devenir journaliste, pas un gratte-papier dans un régional. Il voulait être un vrai reporter de terrain. Il attendait d'atteindre la majorité pour postuler dans de grands journaux. Il savait que ce ne serait pas facile et qu'il devrait commencer par servir les cafés et faire les photocopies. Mais il n'avait aucun doute sur ses capacités et il savait qu'il pourrait monter les échelons rapidement.

— Si tu pensais être en vacances ici, tu fais erreur. Je vais téléphoner au proviseur pour convenir d'un rendez-vous. Nous passerons à table à midi pile. Sois à l'heure et les mains propres.

— Oui, *ma-mie*, répondit le jeune homme, satisfait de voir la ride du lion réapparaître sur le visage de sa grand-mère.

Chapitre 17

Après le repas, Muguette décida de partir faire une petite promenade digestive. Elle invita son petit-fils à l'accompagner. Mais Cédric se jeta sur son lit « en mode sieste », comme il le lui avait expliqué en s'enfonçant dans sa couette. Avant qu'elle ne sorte, il lui demanda de tirer les doubles rideaux. Elle s'exécuta non sans lui faire remarquer qu'avec ce soleil, c'était un sacrilège de rester enfermé. Il répondit par un grognement et appuya sur l'interrupteur de sa lampe de chevet.

— Ah ! Pénélope, souffla-t-elle en tirant doucement la porte qui grinça tout de même, qu'allons-nous faire d'un adolescent à la maison ? Vous avez raison, moi aussi je suis ravie qu'il soit ici. Ça me rappelle quand il était petit et que je lui racontais des histoires. Le temps passe si vite. Regardez-le à présent, c'est presque un homme.

Elle décida de se rendre à la supérette. Cet établissement à l'entrée du village avait ouvert voici quelques mois en remplacement de l'épicerie qui n'avait pas trouvé de repreneur depuis sa fermeture, il y avait trois ans maintenant. Il était difficile pour les petits villages de garder leurs commerces de proximité. Le bureau de poste avait aussi fermé, l'année suivante, ainsi que le bar-tabac. L'arrivée de la supérette avait donné un nouveau souffle à Saint-Foins-les-Moussons et aux villages alentour qui venaient s'y approvisionner. Avant, il fallait courir au supermarché à Saint-Capet-les-Hirondelles, à trente kilomètres de là.

Elle s'arrêta devant un panneau de chantier. La construction d'une zone commerciale était prévue, avec une fin des travaux pour octobre de l'année suivante. Sur le plan, on pouvait voir quelques emplacements réservés : un primeur, une boucherie et une pharmacie. Déjà des bâtiments sortaient de terre et des ébauches de trottoirs demandaient au piéton de ne pas se prendre les pieds dans les trous et les tuyaux colorés qui sortaient sans prévenir de sous des bâches de plastique déchirées.

Elle salua le caissier et se dirigea vers le rayon bazar. Elle passa devant le rayon boucherie et tourna dans celui de l'épicerie. Elle fit demi-tour au coin presse, car elle avait dépassé le rayon des fournitures scolaires. À bien y regarder, la supérette de village proposait les mêmes services que l'ancienne épicerie. On y trouvait à peu près tout ce dont on avait besoin. On pouvait même acheter des timbres à la caisse et accéder à Internet grâce à un ordinateur en libre-service. Et si on connaissait la combine, on pouvait acheter des cigarettes au patron.

Elle disposa un classeur, plusieurs cahiers, quelques stylos et une trousse unie dans son panier. Le sac à dos avec lequel Cédric était venu suffirait pour se rendre au lycée. De toute façon, la supérette n'en vendait pas. Elle repassa par le rayon alimentation où elle choisit les provisions nécessaires à un bon dîner. Elle se souvint qu'il appréciait les barres chocolatées quand il était plus jeune. Elle se demanda d'abord s'il n'était pas un peu grand, puis elle en prit un paquet. Après tout, il n'y a pas d'âge pour aimer ce genre de friandise. Satisfaite de ses achats, elle prit le chemin du retour, laissant la légère brise lui chatouiller les narines.

Avant la naissance de Cédric, alors que François était enfin sorti de ses jupes, elle n'avait plus remis les pieds ici. Son mari venait à l'ouverture de la pêche. En ce temps-là, il aurait fallu la tirer par les cheveux pour qu'elle vienne s'enterrer dans ce trou perdu. À la naissance de Cédric, elle avait fait un effort – peut-être pour être meilleure grand-mère qu'elle n'avait été mère – et elle était venue chaque été avec son mari et son petit-fils. La vie est parfois étrange. Elle avait passé toutes ces années à détester ces rues pavées, ces champs, cette forêt à perte de vue, ces habitants grossiers et ennuyeux, ces nuits sans bruit, sans lumière, sans folie. Aujourd'hui, avec le soleil réchauffant son front, le vent dans les branches et le chant des oiseaux, elle se sentait chez elle.

Elle s'arrêta devant le cimetière et poussa le portail. Des allées de gravier tracées au cordeau bordaient des tombes entretenues. Personne de vivant, en tout cas, ne semblait être présent. Elle se souvint des mots du curé et leva la tête vers le clocher. Plusieurs fenêtres au-dessus des toits donnaient sur la rue. Le curé pouvait ainsi surveiller incognito l'activité de ses ouailles, où qu'elles soient dans le village. Elle s'avança dans la rangée du milieu et atteignit rapidement le mur. Elle décida de longer l'enceinte envahie par le lierre. Elle arriva à l'endroit où le corps du jeune Téo avait séjourné. Il ne restait que la terre fraîchement retournée pour témoigner de sa présence. Elle examina les lieux autour d'elle. D'après les premières constatations de la police, il aurait été tué ici. Son corps avait été ensuite enterré à peu de profondeur. Les pluies avaient raviné la terre et le corps s'était retrouvé à l'air libre.

— C'est du travail d'amateur, remarqua-t-elle en faisant le tour de la motte de terre fraîche. S'il n'avait pas été tué avec une hache, j'aurais pu penser à un meurtre sans préméditation. Dans les deux cas, ça n'a pas vraiment été pensé. Même si le choix de l'arme est vraiment singulier, la manière nous indique que le meurtrier frappe sous le coup de l'émotion plus que sous le coup de la réflexion.

À gauche se trouvait la tombe de Lison Mercier veuve Laronce. Fusillée pour la France le 6 mai 1945.

— Deux jours avant la libération, constata Muguette, désolée.

La rubalise de la police avait été enlevée, mais il restait un petit bout déchiré perdu dans le lierre. Elle décida de le retirer afin de le jeter à la poubelle. En tirant dessus, elle s'aperçut qu'il était coincé dans un interstice entre les pierres et une plaque en fer rouillé. Elle arracha le lierre et dégagea ce qui semblait être des gonds. Elle ressortit du cimetière précipitamment et en fit le tour. Arrivée à hauteur du mur, elle découvrit une porte fermée à clef.

— Voilà enfin un mystère de résolu. Je sais à présent par où passaient ces garnements qui agaçaient tant le curé Farfeduc.

Chapitre 18

Murielle bouillonnait. Comment avait-il osé ? Son propre fils, sa chair et son sang, la trahir ainsi. Elle avait vu rouge et l'avait envoyé vivre avec la vieille peau. Ça lui ferait les pieds.

Vivre au quotidien avec sa grand-mère, voilà une punition bien trouvée pour un adolescent. Et vivre avec un adolescent, voilà une vile vengeance pour une vieille mal embouchée.

Au départ, tout irait bien pendant quelques jours, une semaine tout au plus, des retrouvailles bien sympathiques. Et puis l'écart des générations ferait le travail. Les emplois du temps discordant, lève-tôt et lève-tard se croisant d'un œil accusateur dans la cuisine, l'envie de liberté de l'un contre l'envie de calme de l'autre, l'incompréhension sur à peu près tous les sujets, puis le contrôle de la télécommande et du volume de la musique : tout cela jouerait bientôt en sa faveur, elle le savait. Et quand ils seraient mûrs, à point, la suppliant de faire cesser leur cohabitation, elle donnerait le coup de grâce, tel un matador dans l'arène. Charitable, elle leur pardonnerait pour l'humiliation. Elle reviendrait sur sa décision. Mais à une condition et une seule : qu'elle emménage dans l'appartement des quais de Saône. Elle n'y avait pas pensé avant, mais son coup de sang était en fait un plan parfait.

Puisque combattre sa belle-mère de front était impossible, elle l'aurait à l'usure.

Muguette arriva la première chez Ernestine. Elle trouva la petite bonne femme les joues rosies par l'effort et le nez dans ses plates-bandes.

— N'est-ce pas un temps merveilleux pour jardiner ? déclara-t-elle d'un air jovial en se frottant les mains l'une contre l'autre pour en faire tomber la terre.

— Les autres ne sont pas là ?

— Elles ne devraient pas tarder. Je vais planter des dahlias. Ginette va m'apporter des bulbes. J'adore ces fleurs ! On ne sait jamais quelle couleur va apparaître, mais elles sont toutes magnifiques. C'est une surprise tout au long de la floraison.

— Je n'aime pas les surprises, rétorqua Muguette en fixant la route. Elles sont encore en retard. C'est agaçant, cette inexactitude chronique.

— Il reste encore cinq minutes à ma montre.

— Vous retardez. L'heure est passée de deux minutes. Ah ! Les voilà, dit-elle en se dirigeant vers le salon de jardin. J'espère que vous avez préparé de la citronnade. Je meurs de soif.

Ginette posa un panier recouvert d'un papier journal sur le sol.

— V'là les dahlias ! Faudra bien les retirer avant le gel si vous voulez qu'elles durent. Rahhhh ! s'égosilla-t-elle en se laissant tomber sur la chaise en osier. C'te chaleur, c'est pas possible !

— Allez vous plaindre. Je vous ai dit de prendre un

chapeau en partant. En cette saison, le soleil tape parfois comme au mois d'août ! s'exclama Rosa.

— Ou il pleut pendant des semaines, souligna Ernestine en rapportant un plateau chargé d'un pichet de citronnade et d'une assiette de gâteaux secs.

— Ils ont vraiment retrouvé le corps de Téo Lemcine dans le cimetière ? demanda Rosa en baissant la voix.

— Effectivement.

— C'est atroce, toute cette histoire ! s'émut Ernestine en s'appliquant à servir quatre verres identiques sans en mettre à côté.

— C'est une histoire de fesses ! s'exclama Ginette. Rien de moins, rien de plus.

— Ginette ! Surveillez votre langage, s'offusqua la maîtresse de maison. Pensez aux voisins.

— Et d'où vient cette conviction ? demanda Muguette.

— Ben la petite, c'était pas une grenouille de bénitier, si vous voyez ce que je veux dire.

— J'ai pu me faire une idée sur Élise tout au long de mes recherches et je n'ai rien trouvé dans ce sens. Elle semblait plutôt solitaire. Elle n'avait pas d'ami à part ce Téo.

— Et comment qu'elle l'a eue, la place de la première au défilé des majorettes ?

— D'après son coach, parce qu'elle avait travaillé des semaines pour cela.

— Quel beau menteur ! s'esclaffa Ginette de toute sa gorge déployée. Ah ça oui, elle a ben dû travailler et surtout le travailler.

— Ginette ! Pas si fort, pria une nouvelle fois Ernestine.

— J'ai une autre théorie, dit Muguette en posant son verre de citronnade qui émit un « cloc » sur la table en verre. Je pense que c'est une rumeur lancée par les jeunes filles qu'elle a évincées. Je pense qu'elle dérangeait quelqu'un et que c'est pour cela qu'on l'a éliminée.

— Vous pensez à une de ces bécasses ? la questionna Rosa, dévorée par la curiosité.

— Elles sont méchantes et totalement idiotes. Aucune d'elles n'est capable de manier une hache comme le meurtrier l'a fait deux fois. J'ai trouvé ceci dans les affaires de la petite, dit-elle en posant le carnet d'un geste un peu trop théâtral.

— Qu'est-ce que c'est ? couinèrent en cœur les trois comparses.

— Une mine d'informations pour un corbeau en herbe. Je vais tout vous expliquer, mais avant il faut me promettre de garder cette conversation pour vous.

— Nous serons des tombes, déclara Ernestine.

— Je n'en doute pas, mentit Muguette.

Elle savait que demander le secret à ces bavardes, c'était comme demander à un poisson de survivre hors de l'eau. Cela ne durerait pas longtemps. Elle repartit de chez Ernestine avec le sentiment du travail bien fait. Il ne faudrait pas longtemps à la rumeur pour se propager. Le piège était tendu. Il n'y avait plus qu'à attendre.

Chapitre 19

Arrivé devant le bâtiment, Cédric souffla. D'abord parce que ce foutu lycée était à trente bornes du domicile de Muguette et qu'il lui faudrait faire le trajet en bus en étant tributaire d'horaires quasi inhumains qui l'obligeraient à se lever aux aurores le matin. Ensuite, parce que les élèves agglutinés devant l'entrée lui donnaient l'envie de courir en sens inverse. Le groupe se tut à leur passage. Un grand brun le toisa. Ils éclatèrent de rire dans son dos. Il se foutait de lui, c'est sûr. Muguette se retourna et les fixa. Le groupe s'éparpilla comme une nuée de moineaux.

Il aurait voulu avoir ce pouvoir. Sa grand-mère arrêtait les gens d'un simple regard. Quand elle se mettait à parler, les gens se taisaient aussitôt. Elle imposait le respect par sa simple présence, les lèvres pincées, la tête haute, le port droit imposé par une éducation stricte. Si d'aucuns avaient les yeux bleu clair, bleu foncé, voire bleu azur, les siens étaient bleu glacé. Froid comme l'iceberg qui avait fait chavirer le Titanic. Elle inspirait la crainte à son entourage. Lui, il admirait cette petite dame et son parcours. Fille d'une fille-mère, elle n'avait pu compter que sur elle-même. Muguette était avare d'informations sur son enfance et son adolescence. Elle préférait raconter ses exploits professionnels, les pays qu'elle avait traversés, les affaires qu'elle avait aidé à élucider. Elle ne parlait jamais de Pénélope, de sa disparition brutale et de son corps retrouvé quelques jours plus tard, flottant au milieu du lac. Non, en fait, elle parlait *à* Pénélope. Lubie de vieille dame pour les uns, trouble mental pour les autres. Lui n'avait jamais tranché la question, sûrement par peur de trouver des failles à cette femme qu'il aimait plus que tout.

— Cesse donc de rêvasser et entre, dit-elle sur ce ton agacé qu'il connaissait trop bien.

Elle pinça un peu plus les lèvres. Il sourit.

Les couloirs étaient déserts. On entendait le « clac » furtif des pas de Muguette, soutenu par le grincement de la gomme des baskets de Cédric traînant sur le balatum. Ils arrivèrent à une porte où était apposée une plaque : « Directeur ». La porte s'ouvrit brutalement.

— Madame Lagrange, bonjour. Voici donc le jeune homme qui va rejoindre nos effectifs, déclama le directeur en serrant d'une main ferme celle de l'adolescent.

Son nez proéminent trônait sur sa face joufflue. Sa bedaine avantageuse et sa grosse moustache lui donnaient l'air d'un morse.

— Bonjour, lança-t-il, sans grande conviction.

— Comme je vous l'ai dit au téléphone, il ne devrait pas rester longtemps, quelques semaines, un mois tout au plus.

— Bien, entrez, je vous en prie.

Le bureau était sombre et encombré. Un amoncellement de dossiers se dressait comme la tour de Pise, promettant une chute prochaine sur un ordinateur poussiéreux. Derrière le fauteuil imposant du directeur, des trophées ternis s'entassaient sur une étagère.

— Votre établissement connaît de nombreuses victoires, remarqua-t-elle.

— Ces coupes étaient là bien avant moi, Madame. Pouvez-vous signer les deux exemplaires ? Parfait ! proclama le directeur grassouillet. Cédric, voici ton emploi du temps et la liste de fournitures.

L'adolescent récalcitrant attrapa les feuilles et les fourra dans sa poche.

— Pour les livres, je vous laisse aller au CDI, continua le directeur en ouvrant la porte.

— Je t'attends dehors, bougonna Cédric en se dirigeant vers la porte d'entrée.

Elle emprunta le couloir, direction le CDI. L'établissement montrait des signes de fatigue. Les murs vert pomme se craquelaient par endroits et les trous avaient été comblés par de la pâte blanche étalée à la va-vite. Le plafond avait jauni et certaines portes n'auraient pas été contre un bon coup de peinture. Malgré cela, ça sentait bon les rires d'enfants, les premières amourettes et les rêves d'adolescents.

Un panneau d'affichage annonçait la victoire de l'équipe de foot et communiquait les dates des prochaines rencontres. Le club de théâtre recrutait et Fanny cherchait à retrouver sa veste en jean.

— Madame Lagrange, grinça une voix.

La dame s'approcha à grandes enjambées. Elle souriait. Muguette pensa à une pomme flétrie, de celles qu'on laisse au fond du panier à fruits.

— Bonjour, Madame Dupuit.

— Je suis heureuse de vous rencontrer ici. Corentin va

mieux, il devrait pouvoir bientôt rentrer à la maison. Merci pour votre soutien, Madame.

— Ce n'est aucunement de mon fait. L'assassinat de Téo Lemoine a été une chance, c'est évident.

— Oui… c'est évident, hésita un instant la vieille dame.

— Corentin a-t-il dit quelque chose au sujet d'Élise ?

— Non, rien. Mais son état s'est amélioré, il chante, s'enthousiasma la grand-mère. Mais je dois vous laisser, je vous retrouve pour la conférence. Je compte sur vous.

— Bien sûr, répondit Muguette avec un sourire forcé.

Chapitre 20

Ils s'étaient arrêtés au *drive* sur le chemin du retour. Muguette avait cédé pour le dîner, ce serait burger-frites. Elle ne l'avouerait jamais, mais elle appréciait déguster parfois un bon hamburger dégoulinant de sauce et des frites bien grasses imbibées de ketchup. Et pour faire descendre le tout, un grand verre de soda qu'elle transvasait dans un verre à pied. Elle trouvait très grossier de boire à la paille, passé l'âge de la majorité. Ils avaient attrapé le dernier bus et regardaient les petites lumières de la ville s'éloigner. Elle plongea la main dans le sac et en ressortit une frite qu'elle grignota sans se presser.

— Le temps qu'on arrive, ça va être froid, ronchonna l'adolescent. On aurait pu y aller à pied si tu habitais toujours à l'appart en ville et pas dans le trou du cul du monde.

— On réchauffera au four à micro-ondes, dit Muguette en sortant une autre frite roussie.

— Ça va être dégueu. On aurait pu manger sur place si au moins tu avais une voiture.

— Avec des scies, on coupe du bois.

— Mais enfin, qu'est-ce que tu fous là ?

— Je mange des frites. Tu as encore d'autres questions idiotes ?

— On ne peut jamais parler avec toi. Qu'est-ce que tu

fous dans cette vieille baraque dans ce trou perdu ? T'as vu la tronche du bahut. En plus, il est à trente bornes. Putain, ça va être la mort. T'a vu la tronche des élèves. Putain, c'est vraiment la louze, cet endroit.

— Tu as fini ? Je conçois les sacrifices que je te demande, mais ça ne te laisse pas le droit de jurer en ma présence. Je réglerai cette affaire en temps et en heure. Pour l'instant, nous arrivons.

Le bus ralentit avant de stopper sur la place de l'église. Un réverbère à la lumière fluctuante éclairait le seul arrêt du village.

— En plus, je vais devoir marcher jusque-là tous les matins. C'est vraiment la louze, souffla Cédric en relevant la capuche de son sweat-shirt.

— Cesse de te plaindre, il n'y a que cinq minutes entre la maison et la place de l'église. Où vas-tu ? C'est plus court par ici.

— Je ne sais pas. Moi, je suis toujours passé par le cimetière.

— Baliverne.

— Puisque je te dis que… Laisse tomber, soupira Cédric en glissant les mains dans ses poches.

La suite du chemin se fit dans un silence de plomb, seuls les talons de Muguette résonnaient dans la rue déserte. Arrivé au portail, Cédric traversa en quelques enjambées rapides le petit jardin. Il voulait atteindre sa chambre et claquer la porte avant que sa grand-mère ne se rende compte que la colère lui faisait monter les larmes aux yeux. Sa main s'arrêta net sur la poignée. Il venait d'entendre un bruit sourd. Un bruit venant de l'intérieur de la maison. Et là, par la fenêtre de la cuisine, il venait de voir une silhouette. Il se retourna et plaça son index en travers de ses lèvres. Muguette dégaina une bombe au poivre de son sac à main. D'autres bruits leur parvenaient de l'intérieur, des objets que l'on déplace, des tiroirs qu'on ouvre. L'intrus ne semblait pas avoir repéré leur présence. Il était dans la cuisine. Cédric chercha autour de lui un objet pouvant servir d'arme. Un balai coco ferait l'affaire. De toute façon, il n'y avait rien d'autre. Putain d'habitude de ranger tout ce qui traîne ! « Une place pour chaque chose et chaque chose à sa place », avait l'habitude de dire Muguette. Sauf que là, il aurait bien récupéré sa batte de base-ball rangée dans sa chambre ou un marteau dans la remise fermée à clef. Mais lesdites clefs étaient pendues dans la cuisine. L'individu y continuait sa fouille. Ils se serviraient de l'effet de surprise. Il poussa la porte, suivi de près par Muguette. Ils comptèrent jusqu'à trois et s'engouffrèrent dans la cuisine en hurlant. Cédric balaya l'individu qui valdingua contre l'évier. Il se jeta en avant. Il s'apprêtait à ceinturer l'ennemi quand Muguette appuya sur l'interrupteur du plafonnier.

— Ernestine, c'est vous ?

*
* *

Attablée devant un verre d'eau, Ernestine était livide, plus blanche que le mouchoir qu'elle serrait contre sa bouche.

— Maintenant que vous êtes remise de vos émotions, j'attends une explication.

— Je suis terriblement confuse, pleurnicha-t-elle. Je ne voulais pas être indélicate, mais… Oh mon Dieu ! Quand j'ai reçu la première lettre, j'ai été foudroyée. J'ai payé pour ne pas qu'on sache. Si j'avais su que c'était Élise...

— Vous l'auriez éliminée, dit Cédric en plantant les dents dans son hamburger complètement froid.

— Jamais de la vie ! Il faut me croire, supplia Ernestine, les yeux débordants de larmes. Je n'ai rien à voir avec le meurtre d'Élise. Je voulais détruire ce résidu de mensonges. Je suis désolée d'être rentrée ainsi chez vous. C'est impardonnable, mais si cela peut rester entre nous...

— Je comprends votre désarroi. Votre infidélité alors que votre mari était aux mains de l'ennemi peut être fort mal interprétée, mais votre innocence dans l'affaire qui nous intéresse me paraît indiscutable.

— Pourquoi les vieilles dames ne peuvent pas dessouder les jeunes majorettes ? demanda Cédric alors qu'il dévisageait Ernestine.

Il chercha un éclat de culpabilité dans ses yeux cernés. Ses larmes n'étaient peut-être que pure comédie ? Aurait-elle pu tuer deux personnes de sang-froid, qui plus est avec une hache ? Il regarda ses mains raides et sut que Muguette avait raison.

— Vous souffrez d'arthrose, déclara-t-il en jetant le sachet de frites molles à la poubelle. Il vous est impossible de lancer une hache avec assez de force et de précision.

— Exact, souligna Muguette, fière que son petit-fils partage ses qualités d'observation.

La cloche de l'entrée interrompit la conversation.

— Bonjour, je suis désolé de vous importuner si tard, mais je ne pouvais pas attendre demain. Puis-je entrer ? demanda le duc en joignant le geste à la parole.

— Bonjour, Malgoire. Vous semblez soucieux, dit-elle alors que le jeune homme, d'une main tremblante, lui tendait une enveloppe de papier kraft.

— Après notre entrevue, je n'ai pas cessé de penser au manoir et à ce qui était arrivé à Élise. Je me sens coupable. Si j'avais répondu au téléphone, tout ceci ne serait pas arrivé. Ça m'a ouvert les yeux. J'ai cherché dans mon entourage un peu de réconfort, mais je n'ai personne, pas de famille, pas d'amis, plus d'épouse. Je suis un égoïste dévoré par le boulot. Je dois faire quelque chose si je ne veux pas finir seul tout comme mon père. Il était entouré de monde, des domestiques, des collaborateurs, ma mère, sa famille, moi, tout un essaim d'abeilles tournoyant autour de sa reine, mais il était tout seul. Personne sur qui compter, personne pour vraiment l'aimer. Je ne connaissais pas mon père. Il n'était jamais là. Comment aimer un étranger ?

— Venez vous asseoir et parlez-moi de cette enveloppe, proposa-t-elle en entraînant le jeune homme dans la cuisine.

— J'ai appelé Simone, ma secrétaire. Elle se rappelle parfaitement du coup de téléphone d'Élise. Elle m'a dit qu'elle avait beaucoup insisté pour me parler et qu'elle avait rappelé plusieurs fois. Simone se souvient d'un anglais grammaticalement irréprochable, mais d'un accent français à couper au couteau. (Il sourit timidement) À force, elle s'est prise de sympathie pour cette petite et elle a décidé de l'aider. C'est une copie des lettres qu'elle a envoyées à Élise.

Muguette ouvrit l'enveloppe pour en retirer un paquet de feuilles.

— Ce sont des lettres d'amour adressées à Lison, expliqua Malgoire. Ma mère, comme je vous l'ai dit, était obsédée par cette histoire. C'est pour ça qu'elle a voulu que mon père achète le manoir. Simone m'a expliqué que ma mère était persuadée que Lison avait été trahie par un amoureux évincé qui les aurait dénoncés, elle et ses compagnons, aux Allemands. Certainement quelqu'un de son entourage.

— Si je peux me permettre, le coupa Ernestine. Cette histoire de délation n'est que pure invention. Ils ont été suivis par un soldat, c'est comme ça que les Allemands ont su où ils étaient. Pauvre Lison, une fille si charmante. Finir ainsi, c'est tellement affreux.

— Oui, mais alors que pensez-vous de ces quelques mots : « Tu vas payer pour ce que tu m'as fait » ? l'interrogea Muguette.

— Faites voir, dit Ernestine en ouvrant des yeux ronds. Où avez-vous lu ceci ? Ce n'est écrit nulle part.

— Je l'ai lu sur un morceau de lettre trouvée au manoir.

— Montrez-la-nous, alors.

— Je ne l'ai plus en ma possession. On me l'a dérobée après m'avoir assommée.

— Vous n'êtes pas sérieuse ! On ne devient pas un assassin pour une simple lettre, dit Ernestine en roulant des yeux.

— On peut bien devenir cambrioleur pour un carnet, la coupa Cédric, vous en savez quelque chose.

Ernestine fusilla l'adolescent du regard.

— Nous retrouvons qui a écrit ses lettres et nous aurons notre assassin, conclut-il, les lettres ne sont pas signées, juste des initiales ML. Ça vous dit quelque chose ?

— Ne me regardez pas ainsi. Je ne veux rien avoir à faire avec cette histoire, pleurnicha Ernestine en se cachant dans la dentelle de son mouchoir.

— Il n'est pas certain que ces courriers soient en corrélation avec le meurtre d'Élise, dit Muguette. Mais nous devons tout de même éclaircir cette piste.

Chapitre 21

« *Ma douce Lison,*

Ton regard transperce mon cœur, mon âme. Me regarderas-tu un jour avec les yeux de l'amour ?

Mes sentiments pour toi sont si intenses qu'ils brûlent mon corps d'un feu ardent. Je te veux mienne pour la vie. J'enchanterai tes journées et ensorcellerai tes nuits. Si seulement tes yeux se posaient sur moi, tu verrais alors combien je t'aime.

ML »

« *Ma douce Lison,*

Nous nous sommes croisés aujourd'hui. Tu avais une toute nouvelle robe rouge. Tu m'as fait penser à un coquelicot. Si rouge, si intense et pourtant si fragile qu'à peine cueilli il dépérit. Tu es comme lui, sauvage, éprise de liberté. Tu m'as souri comme à chaque fois que l'on se croise. Il m'a semblé que tu étais moins triste. Roger me manque à moi aussi. Les Allemands marchent dans notre direction, m'a-t-on dit ? Je saurai te protéger, je te l'assure, mon Amour. Rien ne pourra nous séparer.

ML »

« *Ma tendre Lison,*

La guerre ne nous épargne pas. Tant de disparus. Je sens leur fantôme parfois passer dans un souffle à côté de moi. Tu as troqué tes robes et ta dentelle pour un pantalon et une

*chemisette. Le travail abîme tes mains si fines. Mais tu es
toujours aussi belle. Je sais que je te rendrai heureuse.
Partons reconstruire notre vie ailleurs. Tu retrouveras tes
robes et tes dentelles, je serai un bon mari. Je t'aime. Je t'en
prie, dis-moi oui.*

    ML »

    « Lis...,

    *Tu vas payer......... mal que tu m'as fait. .... à moi.
.... l'aime.*

    Comment......... me faire ça ? »

Chapitre 22

Cédric, la tête enfoncée dans les épaules, était assis au fond du bus. Metallica jouait *Nothing else matters* à fond dans ses tympans. Un visage joufflu apparut au-dessus du fauteuil devant lui. La bouche charnue articula un truc à son attention.

— Quoi ? soupira-t-il en retirant un écouteur.

— Je te demandais ce que tu écoutais, dit la jeune fille.

— Laisse tomber. Ce n'est pas pour toi.

— T'es nouveau, continua-t-elle sans se démonter, je m'appelle Béatrice.

— C'est toi qui as découvert le cadavre de la majorette ? l'interrogea-t-il alors qu'il allait remettre son écouteur pour couper court à la conversation.

Béatrice s'invita sur le siège libre à côté du jeune homme. Elle le regardait comme une gourmandise au chocolat. Mal à l'aise, il se colla un peu plus contre la vitre.

— Tu t'appelles comment ?

— Cédric Lagrange.

— Ah oui ! Je te reconnais, tu es le petit-fils de la vieille dame qui enquête sur la mort d'Élise. Elle a trouvé des choses intéressantes, ta grand-mère ?

— Pourquoi ?

— Parce que moi, je sais un truc que personne ne sait, dit-elle en baissant la voix.

— Je pense que Muguette est déjà au courant. Elle est proche de démasquer le coupable.

— Vraiment ! s'exclama Béatrice. Moi, ça m'étonnerait. Ce que je sais, je le sais depuis des semaines et je ne l'ai répété à personne, même pas à Célestina.

— Et pourquoi tu m'en parles, aujourd'hui ?

— Parce qu'il a démissionné. Monsieur Akerman, je l'aimais bien, c'est pour ça que je n'ai rien dit. Sinon il aurait eu des problèmes. Si je te le dis, tu le diras à ta grand-mère, mais moi je suis sûre qu'il n'a pas tué Élise parce que ce n'est pas un méchant, monsieur Akerman. Il s'est laissé séduire par Élise. Il les lui fallait tous, à celle-là.

— Et c'est qui, ce monsieur Akerman ?

— C'est notre prof d'allemand.

— Élise sortait avec Akerman. Mais tu les as vus ?

— Vus comme je te vois, dit-elle en s'approchant si près qu'il sentit son haleine sucrée. Ils étaient tous les deux dans la classe, c'était tard après les cours. J'avais oublié mon livre de maths. Je me rappelle que c'était 18 heures parce que j'ai attendu la fin de Secret Star. Tu connais ?

— Non, pas du tout.

— C'est trop fort. Ils prennent des filles – franchement, je trouve qu'elles sont souvent très moches – et puis ils les transforment en stars. Les cheveux, les dents, les kilos, tout y passe. Ils leur offrent des super fringues et puis après elles font des photos comme les vraies vedettes et on les reconnaît dans la rue. Elles signent des autographes et tout et tout. T'as qu'à venir ce soir chez moi et on regardera tous les deux.

— Non merci. Mais tu les as vraiment vus ?

— Dommage, dit Béatrice, franchement déçue. C'est comment elle le regardait, et puis ses mimiques de sainte-nitouche qui ne trompaient personne. À un moment, il lui a caressé la main. Mais attends, je suis cruche parfois, moi alors !

Elle sauta de son fauteuil et extirpa son téléphone de la poche de son jean trop serré. La dentelle d'un string rose dessinait un sillon dans ses hanches dodues.

Sur l'écran de l'iPhone blanc, Cédric distingua bientôt une jeune fille brune aux beaux yeux noisette. Élise ramenait ses cheveux en arrière tandis qu'elle se penchait au-dessus de l'épaule du fameux monsieur Akerman.

Il avait vu une photographie de la jeune fille dans le dossier que Muguette avait laissé sur son bureau. Elle souriait au photographe au-dessus d'un gros gâteau orné de bougies allumées. Il avait aussi vu les clichés de son cadavre et le rapport d'autopsie. Il avait toujours eu conscience que cette fille avait existé, qu'elle avait vécu ses dix-sept années dans cette petite bourgade de campagne. Mais là, c'était différent.

Sur la vidéo, il la voyait vivante, mouvante et surtout il entendait sa voix. Une voix joyeuse et captivante, une voix d'outre-tombe.

— Là tu vois, il lui caresse la main, dit Béatrice, tout excitée. Et là, elle l'embrasse.

Cédric ne répondit pas.

Les images d'Élise si présente l'avaient anesthésié. Elle reprenait à ses yeux toute sa part d'humanité. Elle n'était plus seulement un prénom ou une photo, elle était cette jeune fille pleine de vie à qui l'on avait ôté ses rêves et son avenir bien trop tôt. Cette idée lui parut soudain insupportable.

*
* *

Muguette s'était rendue à la bibliothèque avec le premier bus du matin. La bâtisse avait été modernisée depuis les derniers travaux. Une structure de vitres et de ferraille avait été posée en remplacement de l'ancienne façade de pierre. Le soleil s'engouffrait tous les matins par cette brèche contemporaine et éclairait à outrance les poufs et les fauteuils douillets organisés en repaire cosy pour lecteur. Mais pas aujourd'hui. Le ciel gris ne cessait de s'obscurcir et les grondements qui se faisaient entendre depuis quelques minutes précédaient une pluie imminente. Elle pressa le pas. Elle arriva à temps. Les premières gouttes s'écrasaient sur les vitres de la porte automatique. La grande bibliothèque départementale se composait de plusieurs sections organisées sur quatre étages autour d'un hall principal. À gauche et à droite, de grands escaliers métalliques s'élevaient vers des balcons en arc de cercle qui s'allongeaient sur tout l'étage. Au milieu du hall, deux ascenseurs transparents permettaient aussi d'atteindre chacun des niveaux. Elle jeta un coup d'œil sur le plan près du bureau de l'accueil.

— Bonjour, je peux vous aider ? demanda un jeune homme assis derrière un ordinateur.

De grosses montures noires lui mangeaient la moitié du visage. Les verres épais posés sur un nez menu lui donnaient l'air d'une taupe. Elle se demanda un instant pourquoi on disait « un rat de bibliothèque ». Pourquoi cet animal plutôt qu'un autre.

Pourquoi pas une taupe, la preuve.

— Bonjour, je ne me souviens plus si le département des archives est au troisième ou au dernier étage, dit-elle fixant les yeux déformés par l'effet de loupe des verres correcteurs.

Ses petites absences, bien que futiles, avaient le don de l'agacer. Elle n'aimait pas que les choses lui échappent, même si en vieillissant elle finissait par se faire une raison.

— Le dernier, Madame, dit la taupe d'une voix nasillarde.

— C'est le problème avec les grosses montures, ça abîme la cloison nasale et on finit par parler du nez, conclut-elle alors que les *Quatre Saisons* de Vivaldi s'échappaient de la poche de son manteau.

Elle lut le SMS sur l'écran de son téléphone portable : « Élise sortait avec le prof d'allemand ». La ride du lion se creusa sur son front tandis qu'elle prenait connaissance de la vidéo. Elle monta les escaliers jusqu'au dernier étage en prenant tout son temps. Elle sentit l'effort lui brûler les cuisses. Elle récapitula toutes les informations à sa disposition, retraça mentalement toutes les pistes. Élise, Lison, le duc et la duchesse de Carcampois, les lettres, le carnet du curé Farfeduc, Corentin, le chantage, le meurtre de Téo, les initiales ML, le professeur d'allemand dont le nom lui échappait.

— Satanée mémoire, souffla-t-elle en montant les dernières marches.

Ses yeux clairs parcoururent le plan qui décrivait les différentes sections du département des archives historiques.

— La seule chose constante dans tout ça, Pénélope, c'est le manoir, dit-elle en pressant le pas. Le manoir et rien d'autre.

Chapitre 23

« **M**onsieur Akerman. Savez-vous pourquoi vous êtes ici ? »

Le commissaire Maraud se tenait dans le dos du professeur d'allemand. L'homme de 35 ans était assis sur la chaise inconfortable de la salle d'interrogatoire en face de la glace sans tain.

— Si c'est pour le feu, je peux vous certifier qu'il était à l'orange, dit-il, mal à l'aise, au reflet imposant du policier.

Le commissaire s'arrêta de faire les cent pas. Il fixa à son tour monsieur Akerman dans la glace. Il avait l'allure des professeurs de faculté qu'on voit à la télévision : les cheveux en bataille, la veste en tweed rehaussée d'une cravate rouge, le style BCBG légèrement négligé. Des lunettes haut de gamme encadraient ses yeux couleur miel pour le côté intello, et la besace élimée débordait de paperasses pour le côté poète disparu. Le mâle parfait pour des jeunes filles en quête de sensations nouvelles et d'émotions fortes.

— Il était peut-être rouge quand je suis passé, mais je vous assure que je n'ai pas accéléré. C'est la faute à pas de chance.

Le policier continuait de fixer le suspect, en silence. Le jeune homme détourna la tête. Il regarda autour de lui sans savoir où poser les yeux sur ces murs nus. Il sifflota quelques notes pour rompre ce silence qui devenait de plus en plus pesant. Il frotta du plat de sa main sa barbe de trois jours. Entretenir ce style négligé demandait bien plus de boulot qu'on ne pouvait le croire. La coupe « sortie de lit » demandait une bonne dose de gel et un savoir-faire appris sur quelques tutoriels d'Internet. Idem pour la barbe, il lui avait fallu plusieurs essais de tondeuse et les conseils d'un barbier pour avoir ce fini parfait.

— Bon d'accord. Il était rouge, finit-il par avouer, n'en pouvant plus de sentir le regard réprobateur dans son dos. Je vais régler l'amende et on n'en parle plus.

— Vous pensez qu'Élise Dusillon a manqué de chance, elle aussi ?

La voix forte du commissaire claqua comme un coup de fouet. Son regard noir se fit plus menaçant. Il posa sa grosse paluche sur l'épaule du professeur qui sursauta.

— Qui ? Quoi ? balbutia-t-il.

— Je vais vous dire ce qui s'est passé. Vous aviez une aventure avec Élise. Mais elle vous a dit qu'elle partait aux États-Unis avec Téo Lemoine. Alors, vous avez vu rouge et vous les avez tués tous les deux.

— Non, c'est faux, archi faux ! Je n'ai tué personne, plaida monsieur Akerman, de plus en plus nerveux.

Le commissaire fit le tour de la table. Il tira la chaise qui émit un son strident pareil à un cri de douleur. Il plia sa stature titanesque pour s'asseoir. Ses épaules dépassaient du dossier. Il avança la chaise pour s'installer en face d'Akerman. Un officier entra et posa un épais dossier où était inscrit « Affaire Élise Dusillon ». Le commissaire l'ouvrit et, toujours en silence, disposa trois pochettes de couleur devant lui. Sans se presser, il le referma et le rangea sur le côté.

— Nous avons un témoin, dit le commissaire en posant une photo tirée de la vidéo de Béatrice. C'est bien vous, là ? Et cette jeune personne que vous embrassez, c'est Élise Dusillon. Cette photo a été prise la veille de son assassinat.

— C'est un terrible malentendu. Ce n'est arrivé qu'une seule fois et c'est elle qui m'a embrassé. J'ai tout de suite mis le holà. Je ne couche pas avec mes élèves. Ce n'est pas mon genre.

— Votre genre, c'est plutôt le meurtre à l'arme blanche.

Le commissaire ouvrit une chemise et étala les clichés de l'identité judiciaire. Partout, Élise couchée sur le ventre, le visage caché dans ses longs cheveux détachés. Le corps avait la position de quelqu'un qui a été stoppé dans sa fuite. Elle était étalée de tout son long, les paumes des mains plaquées au sol. Elle était morte avant d'avoir touché le sol. Le meurtrier avait pris soin de récupérer l'arme du crime avant que le sang souillant déjà son costume de majorette ne se répande en une flaque visqueuse.

D'autres photos montraient en gros plan la blessure qui lui avait ôté la vie. Une plaie sanglante et profonde qui avait entaillé la chair jusqu'à l'os.

— Élise m'a demandé mon aide pour traduire des documents en allemand. Elle faisait des recherches sur les fusillés du manoir. Nous étions en train d'étudier des archives laissées par les soldats. Quand elle m'a sauté dessus et m'a embrassé. Je lui ai dit que ce n'était pas convenable. Elle a plié ses affaires et elle est sortie en courant.

— Oui et, d'après ce que j'ai vu de la vidéo, elle n'avait pas l'air éplorée pour quelqu'un dont on vient de refuser les avances.

— Une vidéo ? C'est incroyable, on vit dans un monde de fou.

— Où étiez-vous le soir où Élise Dusillon a été assassinée ?

— Je... j'étais... Commissaire, c'est délicat, je ne veux pas que ça s'ébruite. Dans les petites villes, la rumeur se propage à la vitesse grand V.

— Pas d'alibi. Les éléments sont suffisants pour une inculpation, dit le commissaire en rassemblant les pièces du dossier.

— Attendez ! Je n'ai tué personne, je vous le jure. J'étais au Vitavi. Le mec avec lequel j'ai passé la soirée vous le confirmera.

— En attendant, vous restez en garde à vue.

Le commissaire cogna la porte de sa grosse poigne. Un homme en uniforme entra. Il passa les menottes au professeur.

— Commissaire, si ça peut rester entre nous.

— Pourquoi avoir démissionné si vous n'avez rien à vous reprocher ?

— Je n'ai pas démissionné. J'ai eu ma mutation. Je pars dans le Sud.

— Pour l'instant, c'est à l'ombre que vous passerez les prochaines vingt-quatre heures. Emmenez-le.

Arrivé dans son bureau, le commissaire s'installa

derrière son ordinateur. Il décrocha le téléphone pour joindre le juge d'instruction.

Trois garçons et une jeune femme blonde lui souriaient dans un cadre. Il y avait trente ans, il avait posé cette photo sur son bureau de lieutenant. Ces petites têtes blondes avaient grandi. Les cheveux de sa femme ainsi que les siens avaient blanchi. Dans quelques semaines, il serait grand-père d'une petite fille. Un poupon rose et joufflu qu'il aurait tout le temps de choyer, sans affaires à boucler, sans week-end d'astreinte, sans rapport à rédiger avant la première heure du lendemain ou de perquisition de dernière minute. Du temps pour sa famille, c'est ce qui lui avait manqué toutes ces années. Il pourrait enfin profiter des fêtes de Noël sans déserter le repas avant le dessert. Il ne louperait plus de matchs de football ou de fêtes de l'école. Il lui apprendrait à pêcher et à naviguer, à cette petite fille. Et il lui achèterait toutes les robes de princesse qu'elle voudrait.

Il avait adoré son métier et lui avait donné le meilleur de lui-même. Il avait travaillé sur des centaines d'affaires, arrêté des coupables, retrouvé des fugueurs, restitué leur bien à des victimes. Mais il avait aussi annoncé de mauvaises nouvelles aux familles, vu la mort bien trop souvent et classé des affaires, faute de preuves. Dans quelques semaines, il passerait à une autre vie à côté de sa femme si douce, si patiente ; une vie à naviguer sur son bateau et à régaler ses proches. Mais pas sans avoir élucidé cette affaire, sa dernière affaire. Il y mettait un point d'honneur. Il tapa les chiffres sur le téléphone.

— Le professeur d'allemand est gay et il a un alibi,

annonça-t-il en entendant le déclic indiquant que son interlocuteur avait décroché.

— J'allais vous appeler, dit Muguette. Voudriez-vous me rejoindre au lycée ? La conférence commence dans une heure. Madame Lafosse va nous y conduire.

Elle raccrocha sans attendre la réponse. Eustache Maraud se frotta les yeux. Dans quelques semaines, à cette heure, il serait dans son hamac et savourerait une sieste bien méritée.

Chapitre 24

Il chercha dans la foule. Avec sa grande taille, il dépassait d'une bonne tête les hommes de l'assemblée. Il repéra un chapeau fleuri qu'il reconnut tout de suite. Il s'approcha du groupe d'où s'échappaient les éclats de voix et les rires sonores de Ginette Dupré. Il connaissait bien Ginette : derrière son parler franchouillard et ses manières un peu brutes se cachaient un cœur énorme et une main toujours tendue. Muguette était en grande discussion avec ses amies du jeudi. Il avait du mal à cerner cette petite bonne femme toujours impeccablement habillée, le port de tête haut et les lèvres esquissant parfois un sourire volé. Son caractère sec, son parler sans concession, son obstination et surtout son intelligence la rendaient attachante, mais souvent agaçante, voire horripilante. À sa gauche, Cédric essayait de faire bonne figure, mais ses bâillements dépeignaient assez bien son niveau d'ennui. En le voyant arriver, Muguette laissa son auditoire.

— Commissaire, vous voilà enfin. Parfait, dit-elle en le tirant à l'écart. J'aimerais que vous soyez des nôtres pour le brunch qui doit se dérouler tout à l'heure. Nous nous retrouverons après la conférence. Soyez attentif à ce qui va être dit, c'est important pour la suite.

— La suite de quoi ?

— La suite de l'enquête, voyons, dit la vieille dame en se glissant entre deux personnes qui encombraient les escaliers du lycée.

La conférence se déroulait dans le petit amphithéâtre Maurice Laronce, du nom du directeur du lycée qui avait permis sa construction. Le commissaire prit place sur le banc le plus en hauteur. À ses côtés, un groupe de lycéens écoutait de la musique électro. Ils bougeaient la tête en cadence, les yeux perdus dans une longue frange qui leur barrait la moitié du visage. Maurice Laronce et Sylviane Dupuit prirent place sur deux chaises installées sur l'estrade en face de l'auditoire. Le brouhaha s'estompa jusqu'au silence complet. Eustache Maraud émit un grognement de désapprobation. L'adolescent éteignit son téléphone d'où s'échappait encore un filet de musique à peine perceptible.

— Bonjour et merci. Nous ne sommes pas là pour faire un cours d'histoire. Sylviane et moi-même avons décidé il y a quelques années de témoigner. De raconter notre histoire pour que les générations futures, les jeunes que nous avons aujourd'hui devant nous, n'oublient pas. Nous sommes les derniers rescapés du manoir des Furets.

La conférence se poursuivit. Maurice Laronce et Sylviane Dupuit relatèrent les événements.

Maurice, âgé de 16 ans, avait été emprisonné avec les résistants. Il avait voulu les prévenir de l'arrivée des Allemands. Mais il était trop tard. Quand il était arrivé sur place, les soldats venaient d'arrêter six hommes et sa belle-sœur prénommée Lison. Il avait vu le corps d'un homme abattu dans le dos alors qu'il tentait de s'enfuir. Ils avaient passé treize jours dans les caves du manoir inondées par les pluies incessantes, avec très peu de nourriture. Au retour du soleil, les six hommes et Lison étaient tombés sous les balles. Puis les Américains avaient marché sur Paris et ça avait été la Libération. Les soldats allemands avaient déserté le manoir, laissant les derniers prisonniers pourrir dans leur geôle. Maurice avait réussi à creuser dans la boue sous la porte, récupéré les clefs attachées à un simple clou et délivré Sylviane, alors âgée de 15 ans, et Roger Lafosse, le meunier emprisonné pour avoir caché des sacs de farine.

L'assemblée resta silencieuse tout le long du récit. Muguette aperçut quelques larmes envahir les yeux d'une jeune adolescente assise à ses côtés. Elle lui tapota vigoureusement la main en guise de consolation. La jeune fille sursauta et lança un regard d'incompréhension à la vieille dame. *Que les filles d'aujourd'hui sont sottes et émotives*, pensa cette dernière en levant les yeux au ciel.

*
* *

Muguette fit tinter sa cuillère contre son verre pour demander le silence. Les conversations s'interrompirent et la petite assemblée se retourna en direction de celle qui demandait toute leur attention.

— Nous sommes enfin tous réunis, dit-elle en jetant un regard au commissaire. Je suis certaine que les personnes présentes seront intéressées d'apprendre que la police a découvert l'assassin d'Élise Dusillon. Si le commissaire Maraud, ici présent, me le permet, je vais vous expliquer de quoi il retourne.

— Allez-y, dit le commissaire, pris au dépourvu.

Il croisa les bras sur son poitrail.

— Merci. Je n'ai jamais rencontré la jeune Élise. Mais en examinant les événements de sa courte vie, j'ai découvert une jeune fille bien plus maligne qu'on ne pouvait le penser. Je pense que tout a commencé par les rumeurs sur sa naissance.

— Elle était vraiment la fille du duc de Carcampois ? demanda-t-on du fond de la salle.

— Commissaire, si vous voulez répondre.

Tous les regards se tournèrent vers Eustache Maraud, adossé contre la porte. Il commençait à comprendre les instructions sans queue ni tête du début de matinée.

— Non, la comparaison avec l'ADN de Malgoire de Carcampois prouve qu'il n'y avait aucun lien de parenté.

— Mon ADN ? répéta le jeune homme, suffoqué.

— Oui, prélevé sur votre cuillère à café. Ne m'en voulez pas pour ce jeu de passe-passe. Il me fallait écarter cette piste sans aucun doute possible, déclara doucement Muguette.

Elle avait de la sympathie pour ce jeune homme que le manque d'amour avait abîmé. *C'est ce qui se passe toujours pour les personnes trop fragiles. La vie est une éternelle bataille où les faibles tombent les premiers.*

— Élise est tombée sur le carnet du curé Farfeduc, certainement pendant la rénovation du clocher avec sa classe. Il y a dans ce carnet des notes sur les habitants du village sur plusieurs années. Je vous passe les détails, mais sa consultation lui a permis de trouver la réponse sur son ascendant. Grâce à un rapide calcul, elle a compris que la rumeur qui pesait sur sa famille était fausse. La gestation humaine étant de neuf mois, il était impossible qu'elle soit la fille du duc parti quatorze mois avant sa naissance. Mais elle a vite trouvé une autre utilisation pour les informations que le curé avait répertoriées toutes ces années. Un moyen de s'enrichir vite : le chantage. Plusieurs d'entre vous ont été victimes et ont payé sans discuter.

Un brouhaha indigné monta dans la pièce. On se regardait avec surprise et curiosité.

— Loin de moi l'idée de dévoiler les noms de ces personnes, elles se reconnaîtront.

— Elle a été tuée à cause de ça ? s'horrifia Ernestine qui dut s'asseoir pour ne pas tourner de l'œil.

— Pas tout à fait.

— Pas tout à fait. Pas tout à fait, répéta fébrilement Maurice Laronce. Alors qu'est-il arrivé ?

— Quand on m'a soufflé que le mobile du meurtre pouvait être la jalousie, je me suis dit que c'était trop évident et j'ai eu raison et tort à la fois.

— Comment peut-on avoir tort et raison à la fois ? Tout ceci est grotesque, s'éleva une voix dans l'assemblée.

— Donnez-nous le coupable et qu'on en finisse ! dit une autre voix.

— J'y viens. C'est quand j'ai compris que le coupable voulait cacher son absence des lieux d'un crime perpétré en mai 1945 que tout est devenu clair.

— Sa présence, vous voulez dire.

— Non, non, son absence. Mon enquête m'a amenée à suivre les pas d'Élise sur les traces d'une autre jeune fille : Lison Mercier, veuve Laronce. La rumeur laisse entendre qu'elle avait un amoureux dont elle ne faisait pas grand cas.

Un jeune homme qui lui écrivait des lettres enflammées auxquelles elle ne répondait jamais. La frontière est mince entre l'amour et la haine. On dit que le jeune homme, fou de rage, est allé jusqu'au manoir des Furets où l'armée allemande avait pris position et qu'il a dénoncé Lison et ses compagnons. Maurice, elle avait été l'épouse de votre frère, mais vous l'aimiez, n'est-ce pas ?

Le vieil homme avait perdu de sa superbe. Les personnes autour de lui avaient reculé, le laissant seul au milieu de la pièce. Il leur jeta un regard suppliant qui se perdit dans le bleu glacial des yeux de Muguette.

— Oui, je l'aimais, dit-il d'une voix remplie par l'émotion. Mais jamais, je le jure devant Dieu, je n'ai commis un acte aussi abominable.

— Pourtant, vous lui avez écrit une lettre emportée où vous la menaciez et vous m'avez assommée pour la reprendre.

— Non, enfin oui. Je suis désolé. Je savais qu'Élise avait mes lettres. Ce soir-là, je devais la retrouver au manoir pour les récupérer contre une coquette somme. Mais quand je suis arrivé, elle était déjà morte. Je vous le jure ! Je suis revenu plus tard pour les chercher et je suis tombé sur vous. J'ai paniqué, je suis désolé.

— J'en suis sûre. Je crois qu'Élise a eu un doute sur l'identité du délateur à la lecture du carnet. Il est indiqué à la date du 6 mai 1945 que « la petite d'en face traversait le cimetière ». Sylviane, vous habitez toujours la maison de votre enfance en face du cimetière ?

— Oui, c'est exact. Je ne comprends rien à votre charabia.

— Vous allez comprendre. Le délateur est une personne qui a dit se trouver emprisonnée au manoir le 6 mai 1945, mais qui n'apparaît pas dans les registres des troupes allemandes. Une personne qui s'est dit qu'en partageant cette épreuve, elle se rapprocherait de l'homme qu'elle aimait. Une personne jalouse qui venait d'éliminer sa rivale. Comment vous accuser de délation alors que vous étiez enfermée comme les autres ? Mais Élise vous a percée à jour et c'est pour cela que vous l'avez tuée.

— C'est impensable, dit la pomme ridée. Que quelqu'un arrête cette mascarade ! Comment osez-vous ainsi nous calomnier après tout ce que nous avons vécu ? Pensez-vous que j'aurais laissé accuser mon petit-fils ? Cette femme est complètement folle !

— La parade a été facile. Vous avez fait d'une pierre deux coups. En éliminant Téo, le petit ami, vous vous débarrassiez du dernier témoin gênant et vous donniez un alibi indiscutable à Corentin.

— C'est impensable, répéta la vieille dame.

— Et puis les haches, c'est une histoire de famille. Votre père et vos deux frères ont gagné des compétitions. Les coupes se trouvent dans le bureau du proviseur. Vous avez certainement appris le maniement à leurs côtés.

— Ce ne sont que des affabulations. Vous n'avez aucune preuve.

— J'ai un témoin. Vous l'avez percuté en sortant du cimetière le soir où vous avez tué Téo Lemoine. Il vous a prise pour un homme, sûrement à cause de votre accoutrement ce soir-là. Mais en vous croisant aujourd'hui, Cédric vous a tout de suite reconnue.

— Cette petite peste allait tout gâcher. Maurice, toutes ces années à tes côtés ont été si merveilleuses, dit-elle en s'accrochant aux bras du vieil homme.

— C'est à cause de toi que Lison est morte.

— Tu étais aveuglé par cette fille, mais elle ne voulait pas de toi. Elle t'a brisé le cœur. Moi, je t'ai toujours aimé. J'ai fait ça pour toi, pour nous.

— Tu es un monstre, dit-il en se dégageant.

— Qui est le monstre ? cracha la pomme ridée. Tu t'es servi de moi toutes ces années. J'ai été là pour toi dans tous les moments. J'ai servi de bouche-trous entre tes amourettes alors que moi je n'aspirais qu'au mariage. J'ai élevé seule l'enfant né de nos étreintes passionnées. Ça n'a pas suffi pour qu'elle disparaisse. Je t'ai écouté des heures parler d'elle. Me dire combien, malgré les années, elle te manquait. J'ai sacrifié toute ma vie à me battre contre un fantôme et c'est moi le monstre. Tu aurais dû pourrir dans ta geôle !

Sylviane Dupuit se laissa glisser sur le sol. Assise sur le parquet, elle cacha son visage dans ses mains sèches. Des sanglots secouèrent ses épaules décharnées. Elle pleura dans un silence de plomb. Les personnes présentes sortirent de la pièce sans un mot. La vérité avait été dite, il n'y avait plus rien à rajouter.

— Et Corentin dans tout ça ? demanda le commissaire alors qu'on passait les menottes à Sylviane Dupuit.

— Une simple victime de plus. Je pense qu'il a vu sa grand-mère tuer Élise. Il a essayé de nous dire qui était le coupable à sa façon avec sa répulsion soudaine des cheveux blancs et en chantant « les feuilles mortes ». Cette chanson est tirée d'un film qui raconte l'aventure amoureuse et tragique entre un jeune résistant et une jeune fille mariée à un collaborateur. J'espère qu'un jour il pourra nous en dire un peu plus.

— Si seulement vous pouviez dire vrai.

Chapitre 25

« Félicitations ! clama Muguette en levant son verre d'où s'échappaient les bulles de champagne. »

Les convives firent de même.

— Un discours, un discours !

Cédric, gêné, fit non de la main, mais son père l'incita en le poussant légèrement vers l'avant.

— Bon ben, heu… Merci d'être là. Je suis super content d'avoir eu mon bac. Heu voilà, conclut-il en levant son verre.

On applaudit. Il but sa coupe d'une traite et sentit immédiatement les effets euphorisants de l'alcool. Une douce chaleur envahit son visage et une légère brume s'installa derrière ses yeux. Il se détendit enfin. Il détestait être l'attraction. Il n'avait eu aucune intention de fêter l'événement, mais sa grand-mère avait insisté. Il avait toujours eu beaucoup de mal à lui résister. Mais il n'était pas le seul. Muguette ne laissait personne se mettre en travers de sa route et, quand elle avait une idée en tête, rien ne pouvait la faire changer d'avis. Elle avait donc invité une partie de ses connaissances et de ses proches autour d'un buffet froid dressé dans la salle à manger de l'appartement des quais de Saône. Cédric adorait cet appartement où la lumière s'engouffrait par les grandes baies vitrées et donnait à chaque moment de la journée une ambiance bien particulière. La clarté du matin venait caresser doucement la table de la cuisine. Dans la journée, elle illuminait le grand salon et la salle à manger. Le soir, les derniers rayons du soleil venaient réchauffer le bureau en merisier de son grand-père.

— En v'là un bel appart ! admira Ginette.

Ernestine fronça les sourcils devant l'amoncellement de nourriture qui composait l'assiette de Ginette. Cette dernière, stoppée dans son élan, reposa à contrecœur la brochette melon-jambon cru qui devait finir piquée sur un tas de petits fours, tel un drapeau proclamant la victoire d'un alpiniste sur un pic inaccessible. Cédric sourit et se dirigea vers le bureau de son grand-père. Il aimait s'y ressourcer, sentir l'odeur du bois et des vieux livres de la bibliothèque. Il laissait ses souvenirs se perdre dans les vieilles photos accrochées au mur. Enfant, à l'heure où la nuit tombe, il attendait assis derrière la porte. Il prenait soin de ne faire aucun bruit, car il lui était interdit de déranger son grand-père. Mais aux dernières lueurs, la porte s'ouvrait. Il respirait l'odeur de tabac froid à gros poumons. Il désignait un livre et s'installait sur les genoux du vieil homme. Il se souvenait de sa voix grave, enveloppante, semblable à la fumée qui s'échappait de sa pipe. Muguette ne parlait jamais de lui non plus, comme si le souvenir des personnes disparues était trop dur pour elle. Depuis le décès de son grand-père, rien n'avait bougé et sa grand-mère en avait interdit l'accès. Alors Cédric s'y rendait en cachette. Sur le bureau, la pipe dégageait toujours une odeur de tabac froid qu'il aimait renifler. Il adorait son grand-père et sa disparition subite avait été pour lui un drame qui, encore aujourd'hui, lui tirait des larmes. Il lui avait fallu des mois avant de pénétrer de nouveau dans le bureau. Il patientait devant, comme quand il était enfant, s'attendant à voir son grand-père lui sourire et l'inviter à entrer. En poussant la porte, il stoppa net. Muguette lui tournait le dos, le bleu de ses yeux posé sur les carreaux de la fenêtre.

— C'est une belle journée pour se promener, dit-elle sans se retourner. Vivement qu'ils rentrent chez eux. Recevoir autant de monde, ce n'est pas plus de mon âge. Je suis épuisée.

Elle ouvrit un tiroir de la bibliothèque qui prenait tout le mur entre les deux grandes fenêtres.

— Tiens, voici ton cadeau pour ta réussite, dit-elle en déposant une clef dans la main du jeune homme. Mais avant, il y a trois conditions. Tu dois continuer tes études et prendre l'emploi à mi-temps que je t'ai trouvé.

— T'es gonflante ! Arrête de régenter ma vie. Les études, ça me pompe l'air. Moi, je veux être un journaliste de terrain, pas un rond-de-cuir qui use ses jeans sur les bancs de la fac. Merci, mais non merci.

— Je vais prévenir monsieur Duck que tu refuses le poste d'assistant.

— Attends, attends, le directeur de *l'Écho de la Saône* ? Mais comment tu le connais ? Attends, on s'en fout. Et la clef, elle ouvre quoi ?

— La porte d'entrée, dit-elle, les yeux pleins de malice.

— La porte d'entrée de quoi ?

— De ton nouvel appartement, déclara-t-elle en

ouvrant les bras. Mais avant, tu dois remplir les formulaires d'inscription à la faculté.

— Tu veux dire que je vais habiter ici avec toi ?

— Non. Je veux dire que je vais habiter ici avec toi. J'ai mis l'appartement à ton nom. Dès que tu auras signé les papiers, il est à toi. Bien sûr, j'ai fait rajouter une clause qui me donne l'usufruit.

— Ma mère va être folle de rage.

— Oui, mais je doute qu'elle fasse quoi que ce soit contre toi.

— Et tu avais prévu ça depuis longtemps ?

— Des années. Pour être précise, quelques mois après ta naissance.

— Tu n'en as jamais parlé.

— Pour quoi faire ? Ta mère semblait si heureuse de penser qu'elle en serait un jour propriétaire, je ne voulais pas la décevoir trop tôt.

— Tu es diabolique, dit-il en déposant une bise sur sa joue fraîche. C'est quoi la troisième condition ?

— Que tu fermes la porte de ton bureau en sortant, dit-elle en s'éclipsant.

À propos de l'auteur

Je suis née dans le sud de la France, mais c'est en Maurienne que j'ai posé mes valises avec ma petite famille.

Fan de polars où l'enquête est le thème principal, j'imagine des personnages souvent inspirés de personnes réelles et, parce que tout ne se passe pas dans les grandes villes, je base mes histoires en province.

J'aime écrire le soir ou en début d'après-midi, mais c'est souvent en voiture que les idées s'imposent, d'où de nombreux « maman, c'était là-bas l'école, le supermarché, la maison (remplacer par le lieu de votre choix) ». Je suis de toute façon une incorrigible tête en l'air, et du coup la reine des listes et des Post-it.

Je n'écris ni pour soigner ma névrose (qui va très bien, merci), ni pour flatter mon ego (quoique…). J'écris surtout parce que ça m'amuse. J'aime inventer des histoires, créer des personnages et leur mettre des bâtons dans les roues. Je passe par des rebondissements et éparpille des indices qui permettent au lecteur d'être ainsi au cœur de l'enquête.

Meurtre au manoir des Furets est mon deuxième roman.

Merci aux lecteurs pour leurs commentaires positifs qui font chaud au cœur et pour leurs commentaires négatifs qui me permettent de progresser.

Abonnez-vous à ma newsletter en vous rendant sur mon site https://madelinedesmursleblog.wordpress.com/

pour être automatiquement informé à chaque nouvelle parution et découvrir mes projets en cours.

Pour me contacter : madeline.desmurs@hotmail.fr
Vous pouvez aussi découvrir ma page Facebook :
https://www.facebook.com/madeline.desmurs
Et vous pouvez enfin me suivre sur Twitter :
https://twitter.com/MadelineDesmurs

Du même auteur

Liés par le sang (2014 – Polar)

Retrouvez tous les titres et l'actualité des Éditions HJ :

Sur notre site Internet :

http://www.editionshelenejacob.com

Sur Facebook :

https://www.facebook.com/EditionsHJ

Sur Twitter :

https://twitter.com/EditionsHJ